恐怖箱

怪書

加藤　一
編著

竹書房
怪談
文庫

※本書に登場する人物名は、様々な事情を考慮してすべて仮名にしてあります。また、作中に登場する体験者の記憶と体験当時の世相を鑑み、極力当時の様相を再現するよう心がけています。現代においては若干耳慣れない言葉・表記が登場する場合がありますが、これらは差別・侮蔑を意図する考えに基づくものではありません。

巻頭言

箱詰め職人からのご挨拶

加藤 一

本書『恐怖箱 怪書《かいしょ》』は、図書、印刷物、その周辺に因んだ実話怪談集である。

今、あなたが手に取っている本書は〈本〉である。

が、時代の変転の狭間にいる我々にとって、本が必ずしも同じ体裁を取っているとは限らない。これまで数百年以上に亘って「文字を書き連ねたり印刷した紙束を束ねて綴じたもの」が本と認識されてきたが、昨今ではテキストデータの集合体としての電子書籍や、朗読された音声データファイルであるオーディオブックなども、本と認識されるようになってきた。「体験者が実在する怪談」をわざわざ「実話怪談」と呼び分けるように、電子書籍を単純に〈本〉と呼び、紙束に印刷されたものを〈紙の本〉などと呼び習わすのが当たり前の時代に、いずれなっていくのかもしれない。

怪異が電子データにも宿るようになるのかどうか、果たして今のところは分からない。が、この期にまずは物理的な紙媒体に宿った様々な怪異の記録について俯瞰《ふかん》したい。

本作は、本とそれを取り巻くものを巡る怪談集である。

物語を追い、書店を巡るような気持ちで御観読いただきたい。

目次

資源回収

上野君は学生時代に安アパートで一人暮らしをしていた。築浅だがプレハブの安普請《ぶしん》で、夏は暑く冬は寒い。その一階一番奥の部屋が彼の住処だった。

あるとき、買い続けている週刊漫画雑誌が溜まってしまったので、ロープで括って資源ゴミの回収に出すことにした。

毎週何冊も買っていると意外と溜まるもので、外廊下の突き当たりには雑誌の壁が腰の高さほどにも積み上がった。

だがその週は資源回収日が雨だったこともあり、億劫《おっくう》さに負けてゴミ捨て場まで持っていくことができなかった。翌週は合宿に行っていたためにタイミングを逸した。更に次の週は寝坊してしまい、起きたときには既に回収は終わった後だった。

そんなことを続けているうちに、水分を含んで雑誌もよれよれになっていく。そんな紙束が廊下を占拠していたら、苦情も出るに違いない。

ある日、二軒隣に住む、後輩の柳沢さんがインターホンを鳴らした。

「上野先輩、あれって大切なものなんですか」

子だ。

ドアの隙間から顔を見せた彼女は、廊下の端の雑誌を指差した。どうも少し御立腹な様子だ。

「ああ、もう捨てないといけないんだけど、タイミングが悪くて、なかなか捨てられなかったんだ」

ごめん。今週必ず捨てるからと弁解すると、柳沢さんは「やっぱり先輩は気付いてなかったんですね」と眉根を寄せた。

何のことかと訊ねると、彼女は言おうか言うまいかを迷っていたが、最終的に打ち明けてくれた。

「元々はここの廊下を、人が通り抜けてくようになっていたんですよ」

しかし、そうは言われても、居住している学生達と、時々訪れる郵便配達員や検針の係員の他に、通り掛かる人の姿は見たこともない。そもそも廊下の突き当たりはフェンスに囲われ、行き止まりだ。通り抜けることはできない。

「先輩があの雑誌の束を置いてから、この廊下にその人達が溜まって迷惑してるんです」

事情を詳しく聞くと、元々この廊下には霊の通り道のようなものがあり、毎日のように亡くなった人が通っていくのだという。

確かにそう言われてみると、廊下を通り抜けていく影を何度か見たことがある。それは全員幽霊だったということか。

「それじゃさ、最近廊下をうろうろしているのも、それ？」

柳沢さんは頷《うなず》いた。

どうやら自分が資源回収に出し損ねている雑誌が、何の因果かその人達のことを通せんぼしており、以前のように通り抜けていけないらしい。

そこで溢れたのか困ったのか、彼らの一部が柳沢さんの部屋のドアをすり抜け、更に彼女の寝ているベッドをすり抜けて、窓から外に出るようになったという。

「だから、最近寝不足で困っているんですよ。早く何とかしてください」

上野君は謝罪すると、すぐに自室の玄関に、雑誌の束を引き揚げ始めた。

数束移動してフェンスが見えるようになった瞬間、その廊下を確かに見えない人達が駆け抜けていく気配を感じた。

思っていたよりも人数は多く、およそ百人程が駆け抜けていったように思えたという。

墓地にて

大学の事務員をしている吉村さんは、天気が良い日は昼食を外で食べる。

それも、キャンパス内は生徒達の数が多く落ち着かないとのことで、大学の敷地外へと出る。

騒がしい環境だと食べ物が喉を通らない性質《タチ》なのだという。

吉村さんの勤める大学は、丘陵地帯にある。

周囲は自然が多い。そして少し歩けば、拓けた場所に緑豊かな墓地が存在する。

数百の墓石が緩い山の斜面を覆うように立ち並んでいる墓地で、広さは千三百～五百坪ほど。比較的小規模な部類になるだろうか。

そんな墓地に足を踏み入れ、十数メートルばかり歩いた辺りに、ひょろ長い木が一本立っている。その真下にベンチがぽつんと置かれている。

ここが吉村さんにとってお決まりの昼食の場である。

すぐ傍に立つ木のおかげで降り注ぐ日の光は程よく緩和され、吉村さん以外の人間が訪れることも滅多にないので、静かに落ち着いて食事ができるのである。

そしてこの場では、不思議な……というよりもある便利な現象が起こる。このこともまた、吉村さんがこの場を気に入っている理由の一つでもあるそうだ。

吉村さんは、膝の上に置いた雑誌を読みながら、奥さんの作った弁当を食べることが多い。となると、片手に弁当箱、もう一方の手に箸を持ってしまえば、雑誌の頁を捲るのに難儀してしまう場合が多々起こる。

弁当箱を一旦ベンチの上に置いたり、箸を持つ手の他の指を何とか駆使しなければいけなくなったりと、微妙に面倒な事態に陥ってしまう。

だがあるときに、気付いたのだという。

このベンチに腰かけて食事をしている際、頭の中で〈捲れろ!〉と念じるだけで、上手いこと膝上の雑誌が、一頁だけ捲られるのである。

肌を撫でるようなやんわりとした風が吹き抜けて雑誌の頁を——などという感じではない。全くの無風であるにも拘わらず、丁度次の頁を読みたいタイミングで、パラリと一頁分のみ捲られるのだそうだ。

こんなことが可能になるのは、この場所が墓地である故なのだろうか?

その因果関係は、吉村さんには不明であるとのことである。

手癖

優愛さんの会社は、婦人服を扱っている。社員数も少なく小さな会社だが、働きやすい環境だ。

何か困ったことがあるとすれば、社内に手癖の悪い人物がいることだ。

営業部部長に佐野という女性がいる。彼女の部署は、道を一本挟んだ建物の中にある。時折コピー機を使用するために、優愛さんのいるほうへやってきた。

佐野は社員の机の上に置いてある私物を、無断で持ち去る。金品は盗らないが、リップクリームやハンドクリーム。化粧品などの小物を持ち去る。

本人は「ちょっと借りてる」くらいの気持ちのようだが、持っていくと返さない。なくなった後、明らかに自分のものと分かっていても「それは私のです」とは言い難い。そこで社員達は私物を机の中に入れる。油性のマジックで名前を書くなどの防衛手段を採った。

盗れるものがなくなると「貸してこれ」と頼むようになったが、返してくれというまで戻らない。本人も借りてばかりで悪いと思うこともあるのか、人気のカフェでコーヒーを買ってきてくれと頼んでくる。皆の分もとお金は出してくれるが、コーヒー代より私物代のほうが高い。

手癖の悪さはそれだけではない。取引先の社長と建物の影で抱き合っているのを目撃したこともある。佐野は独身だが、社長は既婚者だ。

ある日、社長から報告があり佐野の結婚が決まった。

そのまま仕事を辞めてほしいというのが社員達の本音だが、そうなる訳がない。結婚報告後、何故か社員数名と、結婚相手も含めたメンバーで食事会をしようという流れになった。その席には不倫相手の取引先社長も呼んでいた。

食事会は中華料理屋で行われた。佐野の隣に、何も知らず嬉しそうな顔の結婚相手。その隣に不倫相手の社長が座った。微妙な空気の中で料理が出てくる。事情を知っている社員一同の表情が引き攣《つ》っていた。

結婚後も手癖の悪さは相変わらず。新婚生活ののろけ話も加わり、社員達はうんざりした。

佐野が私用で早退した日。残っている仕事を全部、優愛さんに押し付けていった。残業をしていると、残っていたアルバイトの若い中国人女性が、面白いものがあると雑誌を一冊持ってきた。

「それ、会社で買ってる女性誌ですよね」

そんなものは毎月数種類買っている。社内には大量にあるもので珍しくも何ともない。

アルバイトの女性は「これを佐野の机の上においてみなよ」と提案した。

佐野の机の上には過去の分も含め、数十冊は置いてある。古い雑誌は開かないし触らない。そこにもう一冊挟んでおけばいい。何だかよく分からないが、言われるがままに優愛さんは雑誌を上司の机上に紛れ込ませた。

それからすぐに、上司の妊娠が報告された。先日、私用で早退したのはそれかと思った。

「ギリギリまで働くから、みんな心配しないでね」

嫌な予感しかしない。いっそのこと休んでくれたほうがいいのにと思った。

それからが大変だった。仕事が残っていても帰ってしまう。上司の定時は、他の社員より一時間早く設定されていた。上の人間が許可したらしい。そのしわ寄せが優愛さんに回ってきた。仕事に振り回されている間に、例の雑誌の件など忘れた。


それから少しして、佐野は流産した。図太い女性だと思っていたが、それが精神的にきてしまったようで、いつも両手首に数珠を着けるようになった。木製の数珠だ。

その数珠が肌に合わなかったのか、一カ月もすると佐野の両腕の肘の辺りまで真っ赤に腫れあがった。

病院通いで休む日も増え、長期療養という流れになるまで早かった。可哀想だと同情はしたが、仕事をする上では休んでもらったほうが楽だ。

その状況に、中国人の女性は、こうなることが最初から分かっていたような顔をしていた。

佐野がいなくなっても、私物の盗難はなくならない。ある特定のものが消えたときに、優愛さんは親しい社員の女性と消去法で犯人を捜した。

「これだと犯人は、あのアルバイトの人ですよね」

あの中国人の女性だ。やったかどうか本人には聞けない。優愛さんは自分の仕事を進めるだけだとこの件は胸に仕舞った。


ある日、休んでいる上司の机から雑誌を借りた。そこで以前こっそり置いておいた雑誌のことを思い出す。

確かこれだったはずと手に取り、頁を捲ってみても変わった点は見つからない。

「見ただけで分かるような、そんな仕掛けじゃない」

アルバイトの女性が言うには、同じ中国人の友人で面白いことができる人がいる。そこで頼んでみたという。雑誌はそのまま捨てないでおいたほうがいいと言われたので戻した。

その後、会社はゴキブリとネズミの大量発生で引っ越すことになる。

佐野は復帰できたが、中国人のアルバイト女性は仕事を辞めた。

実話怪談本に纏わる話の詰め合わせ

竹書房怪談文庫で、加藤がこれまでに書いた単著、共著、監修編著の類を全てカウントすると、実はこの十九年間で百冊以上に及ぶのだという。……だという、などと他人事のように言っている場合ではなく、実際に百冊を超える実話怪談本に関わりを持ってきた。

それだけ書いていると「あの話の後日談は」とか「あの本を買った後こんなことが」の類が体験者や読者の方々からフィードバックされてきたりするのだが、生憎とそうした後日談を書く機会がこれまでなかったので、そのうち幾つかの概略だけでも書いておきたい。

＊

『「超」怖い話Б』を読んでいた。

「予約席」を読み終えるところで、窓をノックする音。

――トントン。

小枝か何か飛ばされてきたのだろう。

再び頁に目を落とすと、

――トントン。

カーテンは閉めてある。

風の音は聞こえない。

「窓を叩く音がするんだけど」

「またまたぁ」

家族は信じてくれない。

「だってここ、マンションの四階だぞ」

頁をそっと閉じてその部屋から出た。


深夜三時半を回ったが、まだその部屋に戻れない。

『「超」怖い話Б』は窓際に置きっぱなしだ。

*

仰向けに寝転んで本を読んでいた。

頁を捲るたび、視界の端に白いものが過ぎるのが見える。

布きれのようにひらひらしたものだ。

本を置いて辺りを見回すが、〈らしきもの〉は見当たらない。
再び本を読み始めるのだが、その途端に視界の端がちらついてくる。
そのうち、内容に集中し始めて気にならなくなった。
最後の頁まで読み終えた頃、ふと思い出して頭上を見た。
天井に人がいた。
驚いて身体を起こしてみると、誰もいなかった。
「読んでいたのは『「超」怖い話Γ』でした」とのこと。

＊

部屋で『「超」怖い話Γ』を読んでいたら、カーテンが揺れた。
窓は閉まっている。風はない。
構わず読んでいると、今度は飾ってあった人形が落ちた。
家中の窓は閉まっている。風はない。

＊

『「超」怖い話A』を読んでいると、何か臭う。

買って一年近くもの間、ずっと臭っていた。

＊

『「超」怖い話Δ』を読んでいると、何か臭う。

血の臭いがする。

自分と同じ経験をしているレビュアーがいたので、そういうものかと思っていた。

＊

彼は本棚のない部屋で暮らしていた。

とはいえ読書習慣は人並み……人並み以上にあるほうで、万年床と窓との間には読み散らかした雑誌や文庫を乱雑に堆《うずたか》く積み上げていた。

ある夜のこと。太腿に違和感。

丁度雑誌や文庫が積み上げてある辺りである。

違和感の正体を寝惚け頭でぼんやり考えているうちに、太腿の辺りが猛烈に熱くなってきた。

「……うぉあぁああっっっちっ！」

耐えられないほどの熱さに驚いて跳ね起きた。

ブォーン、ゴォー、という轟音も聞こえる。

何事かと見ると、毛布の上でドライヤーが熱風を吹き出している。

いつ頃から電源が入っていたのかは分からないが、毛布が黒く焼け焦げて煙が上がっていた。

ドライヤーは、少し離れた台の下に仕舞ってあるはずで、ましてプラグを繋いであるはずもなく、スイッチを入れっぱなしにして眠った覚えなど毛頭ない。

ドライヤーを片付け、本の山はもう少しマシな場所に移動させてからは怪異は止んだ。

山に積まれていたのは、『「超」怖い話』シリーズ、『新耳袋』シリーズなど。

＊

「午後から東京へ行ってくれないか」

急な出張が決まって、彼は浜松駅の構内を疾走していた。

夏物のスーツと左手に鞄《かばん》一つという軽装で、エスカレーターに飛び乗る。

右手でエスカレーターの手摺りを掴んで、動く踏み段に片足を乗せようとしたその瞬間。

不意に、ジャケットの裾が強く引かれた。

——誰だ⁉

その拍子に重心を崩して、裾を引かれるままに後ろに二～三歩下がった。

誰か知り合いが悪ふざけでも仕掛けてきたのだろう。

急いでるのに！　こんなときに！

エスカレーターの先では新幹線のドアが閉まる旨のアナウンスが響いている。

これに乗り遅れたら得意先との約束の時間に間に合わない。

間の悪い知人は何処のどいつだ、と腹立たしく振り向いた。

が、知人はいない。そもそもエスカレーターの周囲に人影もない。

構内は閑散としている。

自分の裾を引いたのは——と見るその視線の先にキオスクがあった。

『発車致します。御注意ください』

遅刻を宣言する頭上のアナウンスよりもずっと、ざわざわした。

引かれるようにキオスクに吸い寄せられた。

店の書棚に『「超」怖い話Q』があった。

これには若干の補足が必要になるのだが、「超」怖い話は竹書房の前に勁文社で刊行されていたが、九十七年を最後に休刊していた。当時、既にインターネットはあったもののネットでの新刊情報配信などまだまだ覚束ない時代であり、まして「超」怖い話は掲載雑誌などがあったことは一度もなく、復刊を知らせる手段は何処にもなかった。九十八年に続刊が出なかったことから、彼は「超」怖い話は終わったと諦めていたのだそうだ。

それが〈謎の何か〉に裾を引かれて招かれた先に、二年越しで復刊した勁文社版『「超」怖い話Q』があった、これは——ということらしい。

＊

当時、出版されたばかりの『新耳袋』を読んでいた。

新耳袋と言えば、九十九話を一気読みすると怪異が訪れると恐れられるあの実話怪談本の金字塔的シリーズである。彼女は、一度でいいから怪異に遭ってみたいと願っていたため、この日、一気に読んで噂を確かめようと思った。

ところが、一念発起して読み始めると、生まれて間もない赤子がやたらとむずかる。普段手の掛からない息子だが、この日に限って機嫌が悪い。

電話も頻繁に掛かってくる。

内容はセールス電話やら、間違い電話やら、取るに足らないものばかりなのだが、頁を繰っているとそれを阻むように何度も電話が掛かってきて、どうにも纏まった時間が取れない。

それでも家事をやりくりして、その日の晩までには読み終えた。

日付が変わる前に夫が帰宅し、結局何の怪異も起きないまま翌朝を迎えた。

（なあんだ。やっぱり何も起きないじゃないの）

少しだけ期待していたのだが、そういうものだろうと切り替えて、翌日また読み直した。

だが、読み進めていくうちに「読んだ覚えのない知らない話」が出てきた。

確かに切れ切れに邪魔は入ったものの、一気に読んだはず。よく見ると、どうやら息子をあやしているときに挟んだ栞《しおり》が、一〜二話分先に動かされていたようだ。

ということは、夫の悪戯か。一気に読みそびれたから、怪異が起きなかったのか。

帰宅した夫に「栞を悪戯したでしょう？」と笑いながら訊ねると、夫は真顔で答えた。

「俺……その本触ってないよ」

息子をあやしたのは夫のいない日中。一巡目の読了は夫の帰宅前。飛ばされていることに気付いたのは二巡目を読み始めてから。

では、栞は誰が動かしたのか？

件の新耳袋は、扶桑社版であったらしい。

読書する男

その日、明里さんは残業があったため、深夜一時近くになって帰宅した。

アパートへと帰り着き、自部屋のある二階へ上がるため、階段のある裏手へと回ってみると、その階段を三、四段程上った辺りに二十代くらいの男性が腰を下ろしていた。

照明のない暗い階段なので、明里さんは心臓が止まりそうな程、びっくりしてしまった。男の身に着けている外套が、黒一色に近いものだったので、闇に溶け込んでおり、間近になるまで気付かなかったのである。

男の顔には見覚えがない。

このアパートの住人ではないのだろう。

不審者である可能性が高まり、明里さんの身体に緊張が走る。だが、まだこのアパートの住人の友人、或いは知人であるという線も捨てきれない。

不審者でないのなら、曖昧に会釈でもして、さっさと横をすり抜けでもすれば良いのだが、男の体躯が大きく階段にはすり抜ける隙間もない。

声を掛けて、どいてもらうべきか。

となると、「ここで一体何をしているのですか？　邪魔なんですけど」と、強めの口調で問い詰めるべきか。それとも波風立たぬよう、もっと下手に出たほうがよいのだろうか。

こういう場合、どう声を掛けて良いものか、意外と分からないものである。

こういうときは、向こうがこちらに何かしらのリアクションを返すものではないのか？

男は、膝上に置いた文庫本に熱心に目を落とし続けている。こちらに顔を向ける素振りが全くない。

本に夢中になっていて、こちらの存在に気付いていないのだろうか？

月の明かりで、辛うじて読めないこともないのだろうが、よくもまぁ、こんな暗い中で読書などできるものである。

ここに来て、下手に干渉し、暴力を振るわれでもしたら、という可能性に思い至った。

その所為で、余計に声を発するタイミングが掴めなくなった。正直、怖い。

くたくたに疲れており、早く湯舟に浸かって身体を温めたかった。なのに――。

そんなことを思いながら、一分余りその場に立ち尽くしていると、男は唐突に手にしていた本をパタンと閉じた。

そして、目の前に立つ明里さんのほうへと、顔を上げかける。

――と。

もう少しで明里さんと目が合うかというところで、忽然と男の姿が消え失せたのである。

この数十秒間の間の出来事が、まるで夢か幻であったかのように、目の前の階段はいたっていつも通りに普通で、明里さんの行く手を遮るものなど、何一つ存在していない。

ぶるっと身震い一つして、明里さんは急いで階段を駆け上がり、自分の部屋に飛び込むと、ドアをしっかりと施錠し、更には普段はしないチェーンのロックもした。

すぐに風呂の準備をし、熱い湯舟に浸かり身体を温め始めた。

しかし、つい先程の出来事を思い返すたびに、怖気が奔《はし》り、なかなか身体の芯のほうの冷えが取れなかったという。

歩き読み注意

現在、高校二年生の吉田君には、中学生の頃から付き合いのある、木立君という仲のよい友人がいる。

その木立君は、暇さえあればその全ての時間を読書に費やす程の本好きで、吉田君と話している最中も常に本を開いているような人間であるらしい。

そんな木立君は、中学時代に車に轢《ひ》かれたことがある。

学校帰りに本を読みながら道を歩いていたら、後方から接近してきた車にガツンとやられてしまった、とのこと。

手にしていた本を路上に落としてしまい、その車道に転がり出てしまった本に手を伸ばし、拾い上げようとしたところを、である。

幸い腕の骨折程度の怪我で済み、命に別状はなかった。

だが、この怪我が漸《ようや》く完全に癒えた時分の、そのおよそ半年後。

木立君は再び車に轢かれてしまったのだ。それも、今度もまた本を読みながら道を歩いていたところを——。

奇跡的にまたしても大事には至らなかったそうなのだが、この二度目の事故の直前、木立君は奇妙な体験をしたそうだ。

夢中になって読んでいた本の上に、唐突にパッと何者かの手が差し置かれたのだという。

爪先にささくれの目立つ指をした、骨ばった手だった。

反射的に顔を上げてみるも、傍には誰の姿も見当たらなかった。

なのに見開かれた本の上には、何者のものかも知れぬ〈手首から先〉が置いてある。

この状況の異様さに理解が追いついたところで、相当にびっくりしてしまった木立君は、思わずその手にしていた本を投げ出してしまった。

そして、そんな投げ出してしまった本を慌てて拾いにいったところで、前回と同じように、走ってきた車とぶつかってしまったのである。


この二度目の事故を機に、木立君は歩きながら本を読むという行為を、流石に控えるようになった。

周囲の人間から口うるさく説教を受けたことも、止めた理由の一つに違いはないそうなのだが……。

だが何より、二度あったこととなればそのうち三度目もあるのでは、という不穏めいた予感がしたこと。そしてその際には、またあの〈手〉が関与してくるのでは？ という恐れが、何よりも木立君の気持ちに変化を齎《もたら》したようだ。

吉田君が聞いた限り、今のところ、木立君の元にその〈手〉が現れ出たのは、二度目の事故の直前の一回こっきりであるという。

血を吸う本

「ほら、中学のときに、よく教室の後ろとかにずらーっと本が並んでなかったすか？　先生だったか、それとも誰か生徒の親だったか、そこら辺は覚えてはないんすけど、寄贈品みたいな？」

筆者には覚えがないのだが、小林君の教室にはそのように本が、ロッカー棚の上に並んで置かれていたそうだ。

くたびれ気味の新書とハードカバーが中心で、宇宙皇子《うつのみこ》やら村上春樹のラブストーリーもの等々、本を滅多に読まない小林君でも、何となくその名くらいは耳にしたことのあるタイトルのものを含めて数十冊。漫画の類は流石にない。

それらの本を手に取る生徒など殆《ほとん》どいなかったそうなのだが、何の気の迷いだったのか、とある休憩時間、小林君はそれらの中の一冊を何げなく引き抜き、パラパラと捲ってみたことがあるのだという。

それはハードカバーの小説で、当時の小林君にとっては、全く未知の本であった。

教室の窓際に寄りかかりながら、読むとはなしに頁を捲り続けていると、ぽたりとその紙面に赤いものが垂れ落ちた。

「おいらの鼻血っす。痛みも痒みもなかったので、気付くのに数秒掛かったんすけど」

慌てた小林君は、手にしていた本を近くのクラスメイトの机の上に投げ置き、ポケットからティッシュを取り出し、鼻に詰め込んだ。

そんな小林君の様子に気付いた仲の良いクラスメイトが、「ぎゃはは。おーい、みんなぁ、小林が鼻血出しているぞー」と茶化し始める。

うるせー、と応える小林君に対し、そのクラスメイトは「エロいシーンでもあったのか？　何処だよ？　どの辺？」と笑い、机の上に置かれた本を手に取り、パラパラと捲り始めた。

すると、そのクラスメイトの鼻からも、ツーっと赤いものが垂れ出した。

うわーっと慌てふためくクラスメイトの手元の本に、またも血が一滴、二滴と垂れ落ちる。

「確かに落ちたんす。その開いた本の頁の上に」

慌てた拍子に、そのクラスメイトはパタンと本を閉じてしまった。

すぐに血の跡を拭き取らなければと、その閉じた本を慌てて開き直してみると――。

どうした訳か、小林君、そしてクラスメイトのどちらの血の痕も、綺麗さっぱりに見当たらなくなってしまっていた。

「俺が思うに、きっとそのとき、その本は腹を空かせてたと思うんすよ。だから俺やクラスメイトの血を吸いたいがために、何か念のようなもので俺が本を開くように導いたと思うんす。その本に宿っていた邪悪なモノがっす。でなきゃ、普段、本なんて読むことのない俺が、そんな本を手にするはずないっすもん」

この小林君の推論の当否は不明であるが、以後は、誰かが何度、本を開閉してみても、その者の鼻から唐突に血が垂れるような事態は一切起こらなかったという。

さしたる影響はないとは思うが、作者及びその版元に配慮して、血を吸った本のタイトルの公表は念のため、控える。

入り口のカレンダー

神崎さんの勤める小学校の図書室の話である。

その部屋の入り口には、絵本雑誌に付録のカレンダーが貼ってある。他にもカレンダーが付録でついてくる雑誌はあるが、優しい絵柄が多いので、毎年それを選択している。

「あのね先生。今図書室に入ってくるときにさぁ、入り口のドアの向こうにさぁ、両手を突いている女の子がいたんだよ」

冬のある日、鈴木さんが図書室に入ってくるなり、そう話しかけてきた。

四年生の彼女はよく図書室に通ってくる。どうやら幽霊などが見えるらしく、時々不思議なことを口にする。

神崎さんにはその類のものは一切見えないし、今まで気配なども感じたことはない。だが、頭ごなしに否定はしない。自分とは違う見え方をする子がいても、そんなものだろうと思っている。その態度が鈴木さんにも心地いいのかもしれない。よく彼女の体験した不思議な話を教えてくれる。

神崎さんはドアのほうに視線を向けたが、やはり何も見えない。

「どんな子なの」

「うーん。今は顔が見えないよ。カレンダーの右と左に手が見えるでしょ。ほら、すりガラスのところにさぁ」

目を凝らしても、やはり見えない。

神崎さんが困った顔をしているのが分かったのか、鈴木さんは笑顔で〈大丈夫だよ〉と言った。

「先生は見えないけどさぁ。その子時々来て、ああやって手を突いてこっちを覗いてるんだよ。きっとここに入りたいんだろうね」

「でも、顔はカレンダーに隠れて見えないんでしょ」

「うん。あたしも顔を見てみたいんだけどね。見えない」

おさげの黒髪。背は一四〇センチくらい。べったりとドアに顔を貼り付けているらしく、横からでは表情をはっきりと見ることができない。

鈴木さんはそう言うと、子供向けの探偵小説を借りて帰っていった。

自分の職場を覗き見しようとする子がいる。しかもこちらからはその子が見えないというのは、あまり気持ちのいいものではない。

——何も見えないのは幸いだわ。

神崎さんは溜め息をついた。

その年の年末。二学期の最後の日のことである。

事務仕事を一通り終わらせ、カレンダーを新年のものに変えようとして気が付いた。絵本雑誌の付録になっていたカレンダーが、今年は付いてきていなかった。

毎年楽しみにしていたのに。残念だわ。そう思った神崎さんが、別の雑誌のカレンダーにしようか、業者が持ってきたカレンダーを貼ろうかしらと思案しているところに、勢いよくドアを開けて鈴木さんが入ってきた。外には閉室の札が掛かっているのだが、彼女はお構いなしである。

「先生さぁ、冬休みの間も本を借りてもいいですよね」

そう言うと彼女は本棚からおどろおどろしい表紙の二冊を引っぱり出して、カウンターに持ってきた。最近は江戸川乱歩にハマっているらしい。

「先生、早くドアにカレンダー貼ったほうがいいよ」

「どうして」

「あたし、あの子の顔、初めて見ちゃったんだけどさぁ、ぐちゃぐちゃな感じでモザイクが掛かってるみたいになってて、凄く気持ち悪かったから」

その言葉に、堪らずドアのほうに視線を送ったが、誰もいない。

「先生見えないいと思うけど、すりガラスに両手と顔がべったり押し付けられてるの。だから、何でもいいから貼ったほうがいいよ。できれば今すぐ」

神崎さんは、鈴木さんのアドバイスに従い、真っ白なコピー用紙をすりガラスに貼り付けた。

それから十年以上経つ。鈴木さんが今はどうしているか分からない。きっと大学生になっているだろう。そして何年かに一度、彼女が教えてくれたように、図書室の中を覗いている女の子がいるという話を、神崎さんに教えてくれる生徒が現れる。

赤本

ある進学校の図書室に勤務する華奈さんという司書の方から伺った話である。

彼女が勤務するよりも以前から、その図書館には奇妙な忘れ物が出るという話があった。

それは真っ赤な表紙の大学入試過去問集で、日東駒専のいずれかの大学のものだという。

裏表紙には几帳面な文字で「三枝優香」と記名されている。年度は例外なく一九九九年度のもの。忘れ物として届けられても、翌日には消えてしまうらしい。

この話は図書館司書だけではなく、教員の間でも共有されており、生徒は受験指導で、三枝さんに負けないように勉強を頑張れと冗談めかして言われるほどだ。


冬のある夜、華奈さんは返却された本を書棚に戻す仕事をしていた。

作業をしていると、通り掛かった入試問題集の棚に、やけに古びた一冊が挿し込まれている。引き抜くと、裏表紙に三枝優香と書かれていた。

顔から血の気が引くのが分かった。

そもそも彼女は就任以来、この噂を冗談だとばかり思っていた。

華奈さんはその問題集を司書カウンターまで持ち帰り、机の引き出しに仕舞った。

噂の真相を確かめてやろうと思ったからである。生徒の悪戯という可能性もある。十年以上前の問題集だって、古本屋を探せば手に入るだろう。

念のために引き出しには鍵も掛けた。


裏表紙に書かれた三枝優香の文字。九十九年の日東駒専いずれかの問題集。

そこで違和感を覚えた。華奈さんは引き出しを開けて、問題集の表紙を確認した。それは御茶ノ水に校舎のある有名私立大学、M大学のものだった。

三枝さんの志望校のレベルが上がっている。

華奈さんは再度引き出しに鍵を掛け、翌朝上司に相談することにした。


だが、机の中に保管していたはずの問題集は、翌朝には姿を消してしまった。

そのことも含めて上司に報告すると、あれはそういうものだから、また来年見付けてもそっとしておけばいいよと返された。

そして問題集が、噂と違ってM大学のものだったと伝えると、上司はへぇと声を上げ、感慨深そうに何度か頷いた。

教科書を大切に

今から何年も前のこと。

須川さんには、一人娘の美奈子ちゃんがいた。女手一つで育ててきた宝である。

中学二年の夏休み明け、その宝は自らの命を絶った。

遺書らしきものは見つからず、死を選んだ理由は分からなかった。

けれども、イジメが原因だろうとは噂されていた。

葬儀の場で町の老人会の面々が教えてくれたことだ。

亡くなる数日前のこと。学校から少し離れた公園で、美奈子ちゃんは同級生らしい女子に囲まれていた。

声を掛けると、慌てることもなく同級生達は立ち去った。美奈子ちゃんの足元には、教科書が散乱していたそうだ。

須川さんが学校に乗り込んだのも当然である。

イジメの事実確認を望んだのだが、学校側の反応は鈍かった。担任の教師は迷惑そうな顔を隠そうともしない。

とりあえず生徒全員と面談し、その結果を知らせてもらう約束を取り付けた。

その僅か三日後、学校側から茶封筒が届いた。コピー用紙にたった一行の回答である。

同級生全員と面談を実施しましたが、イジメの事実は確認できませんでした。

須川さんは何度も何度もその一行を読み返し、最後には言葉にならない声を上げていたという。

無論、納得できるはずがない。須川さんはその後も幾度となく学校に出向いたのだが、全く進展しない。

何一つ証拠がないの一点張りである。弁護士に相談することも考えたが、それもできなくなった。

勤務先の社長に、それとなく注意されたのである。同僚がその理由を教えてくれた。社長の知人の子供が絡んでいるらしい。

須川さんには年老いた母親がいる。須川さんが稼がないと、生きていけない。

結果、須川さんは諦めてしまった。

絶望し、自らを責め、美奈子ちゃんの部屋で泣き明かす日々が続いた。

部屋は最期の日のままである。ベッドの上にきちんと畳まれた寝間着、大好きだった芸能人のポスター、趣味で描いていた漫画、その全てに思い出が宿り、触る気になれない。

ある日、いつものようにぼんやりと部屋に座っていた須川さんは、誰かに呼ばれたような気がして振り向いた。

視線の先にあったのは学生鞄だ。中には文房具と教科書が入っている。何げなく教科書を開き、読み進める。真ん中辺りで手が止まった。美奈子ちゃんが落書きをしていたのだ。可愛らしいキャラクターのイラストである。他の頁にも、何かしら描かれている。

娘が残したメッセージのように思え、須川さんは次々に教科書を捲っていった。

「いけない子ねぇ、授業中に漫画ばかり描いて」

そう声に出して呟いた途端、嗚咽《おえつ》が止まらなくなった。

ひとしきり泣いた後、須川さんは妙なことに気付いた。英語の教科書が見当たらないのだ。美奈子ちゃんが一番好きだった科目である。本棚や引き出しなど、全て確認したが見つからない。

学校に置いてくるような子ではない。記憶を辿っているうち、葬儀での会話を思い出した。公園で囲まれていたとき、足元に教科書が散乱していたと言っていた。

もしかしたら、公園の何処かに英語の教科書を隠されたのではないか。いても立ってもいられず、須川さんはその公園に向かった。公園は思いのほか広かったが、己が進むべき方向を分かっているかのように、足が動く。

数分後、須川さんは小さな広場に着いた。またしても誰かに呼ばれた気がして、その方角に向かった。

呼ぶ声は徐々に強くなる。目の前にある植え込みからだ。ここに間違いない。かき分けて進むと、一冊の本が落ちていた。

かなり汚れているが、間違いなく英語の教科書だ。この一冊だけが落ちていた理由は分からないが、とにかく発見できた。

須川さんは公園の出口に向かいながら、教科書を開いた。期待していたのは可愛らしい落書きだ。

だが、そこに書かれていたのは、美奈子ちゃんの心の叫び声であった。

つらい。逃げたい。行きたくない。死にたい。死にたい。死にたい。

あまりのことに、須川さんは思わず教科書を落としてしまった。

その瞬間、目の前に美奈子ちゃんが現れた。明るい陽射しの中、美奈子ちゃんは陽炎のように揺れながらそこにいる。

呆然と立ち尽くす須川さんの前で、美奈子ちゃんは哀しげな顔つきで教科書を見下ろしている。

数秒後、美奈子ちゃんはゆらりと揺らめいて消えた。

行かないで、もう一度現れて。

何度頼んでも、美奈子ちゃんは応えてくれなかった。

重い足を引きずり、帰宅した須川さんは、持ち帰った教科書を念入りに調べた。驚いたことに、殆ど全ての頁に書き込みがある。

何故これに気付いてやれなかったのか。須川さんは声を上げて泣いた。

ふと気付くと、またしても美奈子ちゃんがいる。先程と同じく、哀しげな顔で教科書を見つめている。

すぐ近くにいる母親には気付かないようだ。

「美奈子、母さんよ！」

声は届かない。触れることもできない。焦る須川さんを置き去りにして、美奈子ちゃんは消えた。


その後も、英語の教科書を広げると美奈子ちゃんは現れた。毎回ではない。いつまで待っても現れないことも多い。

現れたとしても、毎回同じ哀しげな顔で数秒間。それでも須川さんは、毎晩のように教科書を開いた。

何年も経っているのに、未だに続けてしまっている。

このままだと、美奈子ちゃんが成仏できないことも分かっている。

けれど会いたい。哀しい姿でも構わないから、顔を見たいのだという。

青森乃TTT

私は青森県弘前市に住んでいる。弘前市も他の地方都市と同様に郊外化して久しく、車社会の中、駐車場が広い大型店舗が生活の要となっている。

弘前駅から中央通り、土手町までが所謂「街」と呼べる場所で、その逆は「郊外」という具合だ。

郊外には映画館やスーパー、リサイクルショップ、家電量販店などがあり、週末はなかなかの賑わいだ。

さて、ここからは場所に関する情報は濁す。弘前在住者なら、すぐに分かることなのだろうが、現在も跡地に生きた店舗があるのだから、マナーは守ろう。

私が所属する怪談愛好家団体「弘前乃怪」メンバーに、「虎」という男がいる。

この話は虎の実体験であるのだが、このまま書き進めると「そのとき、虎は」や「虎は恐る恐る振り返った」など、読者にとって没入感が削がれることこの上ない文章になりそうなので、虎の仮名を「林」とする。

今から十二年前、林は件の郊外にその頃あった「DVDレンタルのTT」でアルバイトをしていた。(彼が働いていたTTは、後に閉店しており、全く違う店が跡地に建っている。今はもうない店の話だということは、誤解ないように踏まえてほしい)

林の勤務時間は深夜帯で、店は半分がDVDレンタル、残りの半分はCDと書籍の販売に充てられていた。

バイトの面接時に社員から「色々あるけど、気にしないでね」と声を掛けられ戸惑ったが、いざ働いてみるとなるほど、ヤンキーのたむろによるトラブル、万引きの頻発、明らかに客待ち中のデリヘル嬢の出入りと、店にメリットを齎さない色々な動きが確かにあり、面食らった。社員の一人に陰湿な輩がいて、理不尽な指示をバイトに出しがちなせいか、学生バイトが長く居着かない職場だった。とはいえ、古くからそこで働いている社員と古株のバイトは、店内外の闇深い人間模様にすっかり慣れているらしく、何処か達観しているような様子で、何かあっても動じることなく粛々と業務をこなしていた。

「色々あるけど、気にしないでね」

バイトを辞めるまでの一年半、林は、先述した人に纏わる「色々」の他にも、随分と「色々」体験をしたとのこと。

では、「書籍販売」コーナーに関する話を紹介しよう。

兄弟

かつては市内に二十四時間営業のレンタル店が何軒かあったものだが、時代の波の影響から、そんな店も次第に減っていった。林が勤めていた店の閉店時間は当時、午前二時。二時を打った時点で、店内に残る客を見送ってから、閉店業務をこなす決まりとなっていた。

「えっ？」

と、古株バイトの声が轟いたのは、出入り口の自動ドアの電源を切ってからのことだった。従業員数名が黙々と締めの作業をこなすばかりの店内で、その驚きの声は随分と大きく鳴り響いた。

何事か声のあったほうに従業員が集まる。

零時を境に、社員、バイトともに男手ばかりだ。

絵本など子供向けの書籍が並ぶ陳列棚の近くに設置されたキッズスペースに、古株バイトはいた。

キッズスペースには三〜五歳と思わしき男の子と女の子が靴を脱いで座り、静かに絵本を読んでいた。

男の子のほうがやや背が大きく、林は一目見て、恐らく二人は兄妹だろうと見立てた。

「もう店終わりだよ」

社員の一人がそう声を掛けた。

男の子は一度顔を上げ、また絵本に視線を戻した。

「とっちゃ《お父さん》とかっちゃ《お母さん》はどこさ《何処に》いるの？」

社員がそう続けると、「いない」と男の子。

確かに店内にはもう従業員しかいない。

この子の言う通り、両親はいないということだ。

林曰く、その時点で、誰もが今が深夜であることを忘れているような様子だったそうだ。

確かに常識に照らせば、このやりとりがあった時点で道徳的に問題があるように思える。

「ああ、そう。じゃあ、車で送っていってあげるよ。家何処？」

社員は努めて明るく言った。

「家、近いから大丈夫」

男の子はそう返し、すくと立ち上がったかと思うと、靴を履いてキッズスペースの小上がりから下り、女の子と手を繋いで出口に向かった。

バイトの一人が慌てて同行し、手動で自動ドアを開ける。

皆は二人が無事店外に出るのを見送ると、それぞれの閉店業務を続けようとゆっくりクモの子を散らした。誰一人「こんな時間に」という話題を挙げる者はいない。

すると、程なくして駐車場のチェーン張りや清掃をしていた社員が帰ってきた。

「わらし《子供》いだの《いたの》見ました？」

林は何となしに戻った社員に声を掛けた。

「いや？　わらし？」

「ええ。兄妹。すれ違ったでしょう」

「いや、誰もいなかったよ」

店外の作りはがらんとした駐車場ばかりで、見通しもよく、敷地から出るにしても絶対に店外で締め作業をしている者とすれ違うようになっていた。

埒《らち》が明きそうにない林と社員のやりとりに、他の従業員も割って入る。

「いましたよ。ほんとに見てないんですか？　絶対に見たでしょう」

「見てねえよ！　かっついじゃあのが！《かっいでるのか！》」

皆からしつこく食い下がられた古株は、ついに怒り、声を荒らげだした。

「わらはんど《子供達》だの、《なんて》いねえね！《いない！》」

そういう訳で、兄妹がいるいない、何処に行った、何であんな時間に子供だけで、という話は有耶無耶《うやむや》になった。

林は、終始無言だった女の子が何処か気味悪く感じたことと、彼らが書籍コーナーと出入り口から出る際に、両方のゲートに付いた防犯ブザーが鳴ったことを今も覚えている。

怪しい子供がいて防犯ブザーが鳴っていた、ということで、念のために皆で在庫を確認したものの、何も盗まれてはいなかったそうだ。

万引き

店内には幾つも防犯カメラが設置されていた。モニターはカウンターの奥にあり、怪しい動きをする客がいたら、社員がバイトに、プレッシャーを掛けるよう指示する。

「林」

「はい」

呼ばれたので見ると、社員はモニターを凝視している。

社員の隣に立ち、モニターを見ると、ショルダーバッグを肩から掛けた中学生が、小説コーナーがある通路を行ったり来たりしている。

「こいつ、どう思う？」

「怪しいっすね」

「だよな、お前、ちょっと行ってこい」

「はい」

中学生にビビる訳もなく、林は足取り軽く小説コーナーに向かった。

が、その場に着いたときには中学生の姿は影も形もなく、暫《しばら》く動き回りつつ確認したが、結局、見付けることはできなかった。

カウンターに戻り、社員にいなかったことを告げると、社員がモニターで見る分には、林がフレームインするとすれ違うように中学生はフレームアウトしたとのことだった。

カメラがそう捉えているのだから、現実にもすれ違ったということか。

ああ、ならば、うっかり気が付かなかったのだろうか。

しかし、さほど広くもない店内で、目で追えないほどの動きとスピードで退店することなどできるのだろうか。いないと分かってから、すぐ探したつもりだが。

似たようなことはアダルトビデオコーナーでもあったそうだ。

平積み

林はその日、つつがなく閉店業務を終わらせ、最後の消灯ボタンを押した。

が、電気が消える瞬間に陳列棚を歩く人影を見付け、すぐに電気を点け直した。

「すみませーん。もういないと思ってましたー」

林は社員の誰かだろうと思い、そう言った。

「何が？」と後ろから声。

振り向くと社員とバイトの二人が出口付近に立っていた。

「いや、書籍のほうに誰かいたから……」

「ええ？　いないいない。もう締めて帰ろう」

「え、いや。ちょっと待ってください」

林は人影があった陳列棚に近づいた。

すると横、縦ともしっかり整えていたはずの平積みの小説の列が、一区画乱れていることに気が付いた。客の腿が当たると、よくこうなる。

しかし、確かに閉店前に整えたはずだが。確認後、もう一度電気を消し、皆で帰った。

刷る音

東京都文京区にある印刷会社での話である。

川崎さんは、既にその印刷会社を退職して久しい。

令和になる直前に取り壊されたが、元々その会社のビルは、昭和初期に建てられた地上五階建てのビルだった。地下も三階まであり、陽の当たらない地下室は、主に倉庫として使われていたという。

そのビルは防災設備点検が入ることが義務付けられており、防災担当に割り振られていた川崎さんは、消防局の担当者とともに、年に何度かそのビルの最も奥にある部屋にまで立ち入る必要があったという。

どの部屋も倉庫として使われているだけなので、特に火の気もないのだが、決まりは決まりだ。しかし、毎回この作業に同行するのは気が重かった。

何故ならその部屋では、聞こえるはずのない音がするからである。

「何か、ずっと機械が動いている音がしますよね」

地下三階の一番奥の部屋で、消防局の担当者が声を潜めて川崎さんに訊ねた。同行するもう一人も無言のまま何度も頷く。

「この建物では、何も動いているものはないはずなんですよ」

「でもこれ、印刷機か何かの音ですよね」

シャッシャッと規則正しい音は、確かに印刷機の音だ。輪転機ではない。平刷りの専用機の音だ。

検査のたびに、担当者には毎回訊かれるが、もうこの建物に印刷機は一台もない。印刷する工場は別の場所にあり、ここには本社機能しかないのだ。

だがそれでも音は聞こえる。しかも小声では会話できないほどの騒音である。しかも、部屋全体が音に包まれているように感じられるため、音の出所が特定できない。

「ボイラーか何かの音が響いてるんですかねぇ」

そしらぬ振りをして、川崎さんは答える。しかし、彼はそれが何を印刷している音なのかを知っている。

先輩社員から言い伝えを引き継いでいるからだ。

響いているのは確かに、特注の印刷機が動いている音なのだという。

それが印刷しているのは連合軍の占領下で発行された旧紙幣だ。

現在、紙幣は国立印刷局の直営となる印刷工場でのみ印刷されることになっているが、当時は幾つかの民間の印刷会社でも紙幣の印刷が行われた。

川崎さんにも確証はないが、恐らく昭和二十一年から二五年までの五年間の間に、この本社でも印刷された、聖徳太子の肖像の描かれた百円紙幣を刷る音だろう。

この部屋にはその紙幣を始めとして、古い紙幣の原版が何点も保管されている。何故か返却しなくてはならない原版が残されているのだ。

その原版で刷れば、一枚百円の現役の紙幣として使えるはずだと先輩は言っていた。実際、過去に大規模な労働争議があったときに、贋札《にせさつ》を作る案もあったらしい。

しかし、もうそれを刷るための機械もこの本社にはない。

「だからね、その原版自体が幽霊みたいなものなんですよ」

川崎さんはそう言って、取り壊し工事の最中にある本社ビルを振り返った。

オーディション

「あたしは演出家志望だったんですけど、便利に使われてるだけだったんですよね」

平川さんが入ったある小劇団でのことだ。

主宰は監督と演出を兼ねており、「ゆくゆくは君にも演出のイロハを学んでもらうからよ」などと言いつつ、平川さんを雑務やら大道具やらとして使った。

「劇場、業者、倉庫、外部スタッフ、役者――電話ばっか掛けてましたね。あそこで学べたのは主宰の大物しぐさだけ」

彼女はそう揶揄《やゆ》するが、主宰の、少なくともそのバイタリティだけは本物である。

「あと声のデカさ」

初対面のときから、正確には彼女に会う三十メートル手前から思ったが、平川さんは声がでかい。


主宰には、お気に入りの脚本家がいた。

劇団員ではなく、またプロの脚本家でもないようだが、とにかく主宰は気に入っていた。

ショートカットの小柄な女性で、松谷といった。

当時、主宰が熱意を持って取り組んでいたのは松谷が書き始めたある脚本だ。前衛的で、主宰は一読して熱狂した。

「平川ァ、早く早く。コレの続きだよォ。松谷んとこ行って、取ってきてよぉ」

そう言われて平川さんは憂鬱になった。松谷の深刻なスランプを知っていたからだ。あと最終幕を残すばかりとなってひと月。続きは殆ど出てこない。

「彼女普段は仕事が速い人でして、催促なんかしたことないですよ。主宰は自分で連絡しないし。それで、脚本の続き取りにいったんですよ。車飛ばして。そしたら何か様子が変で」

大人しい女性だったが、いつにも増して消え入りそうな様子であったという。

主宰の肩の入れようは、今から考えても異様であった。それに反比例するように、松谷が小さくなってゆくように見えた。

扉の隙間から、三枚の原稿用紙を渡された。

「プリンターが壊れちゃったらしいんですよ。で、生原稿初めて見たんですけど、凄いんですよね、その、思考の跡が」

扉の前で平川さんは「こいつは大物になる」と息を呑んだ。

原稿用紙を、原稿用紙として使っていない。絵や、図がでたらめに描かれ、そして塗り潰されている。

たまに括弧付きの文字があり、セリフと分かる。それさえマスには収まっていない。一文字たりともだ。

真っ黒になった原稿用紙を見て、主宰は狂喜乱舞した。

「イケるぜコレはァァ」と絞り出すように叫んだが、何がイケるのか彼女には分からなかった。

「あたし、この業界向いてないのかもなって思った」

主宰は「松谷ちゃんはゴッドが降りてくるとこういう感じになるんだよォ。久々だなぁ」と語る。

何が降りてくるのかは知らないが、進捗の神ではないらしい。続きは出てこない。

それから数日して、松谷に連絡が付かなくなった。

電話にも出ず、家にもいない。逃げたと決めるには早計である。しかし、数日電話に出ないのは本人の作為に他ならない。

消息を絶つ前、松谷は『前の、○○○×劇場の客席に座りたい。そこでなら書けそう』と零していた。

劇団としては何度かそこで上演したそうだが、平川さんが知るのは一度だけだ。

松谷はその客席に座って、今回の脚本を思いついたのだと、たどたどしく語った。平川さんは裏方で忙しく、本番の劇を一度も客席から見ていなかったので、適当に話を合わせるほかなかった。

例えば、舞台から見て一番左奥の壁際に、椅子を一脚置いている。開演後、観客に気付かれないようにそっと置かれる椅子には、誰も座っていない。それが何故なのか、松谷は知っているのだという。

妙な噂の絶えない、古い小劇場であった。平川さんはそこの劇場主に気に入られていた。

『古いからさぁ、ガタがきてるんだよ。平川が来るとさぁ、劇場が、ビシッとするんだよ。役者より声出るからなぁ』

だがその客席に座るのは無理な相談だった。そこは建物の老朽化のため取り壊され、廃業している。クロージングの際には彼女も車で手伝いに行ったのだから確かだ。主の厚意で、まだ使える設備や小道具を引き受けてきたのだった。

「まぁその松谷さんが、あらすじも言わないで消えちゃって、もう舞台もお流れだと思ってたんですけど――主宰がある日の集まりに爆弾ブッ込んできたんすよ」

どういったコネなのか、テレビで見るような大物俳優をフラッと連れてきたのだ。

彼は主宰と談笑しながら未完の脚本を読んで、「いやこれは凄いですよ。面白い。絶対面白くなる。続きができたら一番に呼んでください」と熱っぽく語った。

平川さんも、熱狂じみた異常なテンションに呑まれ始めた。

通常なら中止であろうが――この状況でも、やれることがない訳ではない。

主宰のオーダーもあるのか、松谷は役者の数、顔触れを頭に入れて書く。

劇団員を集め、大方の配役を決めてゆく。

この劇には、謎の人物が登場する。

常に舞台上にいて、笑みを湛えて役者を見ている。セリフもなく、脚本からは男か女かも分からない。松谷に聞こうにも連絡が付かないままだ。

セリフこそないが出番は多い。きっと主役に次いで、人気になると思った。

だが予想に反して、この役をやりたがる者はいなかった。端役を何役も掛け持ちしたがる者もいるのに、この役だけ埋まらない。

やってくれと頼むと皆、目を伏せて口籠もる。演技でないなら――役者らしくない表情だな、と平川さんは思った。

「少なくともうちの劇団には、この役やる人、いないと思いますよ」

役者の一人から、平川さんはそう忠告された。

この役は新しい役者を募ることにした。オーディションである。

「性別不詳な感じにしたいんだよね」

なるほど、それはウチの劇団にはいないタイプだ、と彼女は思った。

普段はオーディションなどしないためか、準備はすんなりと行かなかった。

応募者がいないので一度延期したのに、変更前のオーディション当日に電話が来た。

『応募した○○ですが、本日はこちらの会議室でよかったでしょうか』

これには平川さんも平謝りするしかなかった。応募者がいたなどと知らなかったのだ。

連絡先として掲載した事務所の番号に電話で応募したというのだが、その時刻、事務所には誰もいなかったはずだった。

もし主宰がいたとしても彼は電話に出ないし、聞けば『声が小さい女性が電話に出た』というのだから、平川さんではない。

「大方、電話の掛け先間違えて、別のオーディションに応募したんだろうぜ」

主宰の提案で、事務所の番号を伏せてウェブのみの募集にしたところ、数件の申し込みがあった。

オーディションには主宰と、「演出補」と偽り平川さんも同席した。

トラブルが続いて、オーディションにまで辿り着いたのは三人。

組み立てテーブルのこちらで、彼女は値踏みされるような視線に耐えていた。

ところが説明のため彼女が挨拶を述べると、集まった応募者らの目の色が変わる。たった一声で、彼女はベテランの演出家と目された。

段どりの悪さ、不慣れさを、彼女は声のでかさで制圧してみせた。

「本演目の『白い人』役は、舞台上、ずっと笑みを浮かべて、他の芝居を見ています。表情は、それだけです。セリフはこれからお配りします。台本を読みながらで結構です」

今のところ、この謎の人物にセリフはない。オーディション用の脚本は平川さんが用意したものだ。出来上がったのが当日未明であったので、事前に渡すことはできなかった。

コピー機で五部製本したオーディション用の台本を配る。うち二部は、主宰と平川さんのものだ。

一人目で異変が起きた。

まず一人目の女性、大学生が冷ややかな表情を数秒披露し、自由に歩き回ってもらう。主宰の指示で、彼女は立ち止まって台本を開いた。殺風景な会議室の左奥であった。蛍光灯の光が届き難く、薄《うっす》らと暗い。

「読んで」

平川さんが突貫で書いたセリフを、応募者は読み上げてゆく。アナウンサーのように丁寧で、聞きやすい。声もよく通る。

主宰からの注文はない。そのまま頁を捲った。

「……」

頁を捲った彼女は、そのまま硬直した。台本とこちらを交互に見る。

「あの、これは」

不安が滲《にじ》んでいた。もし演技なら名優になれる。

どうしました、と平川さんも頁を捲る。

真っ黒だった。

次いで、ヒエッと声が出た。あまりにも大きな声が出たため、全員の視線が自分に降り注ぐ。

彼女は、台本の頁と周囲を交互に見て、取り繕おうとした。

「す、すいません、印刷ミスです！　これは、あの」

生原稿を思い出した。文字を、図を塗り潰すようなその黒さは、よく似ている。

だがこれは違う。

「原稿が混入……とかじゃなくって、その」

「顔ですよね」

誰ともなく、そう言った。

「そう、顔、顔です……えっ？」

言われて気付く。見れば見るほど顔である。

そんなはずはない。

これは朝までに彼女が入力したテキストである。それを家のプリンターで出力し、チェックしたときには問題なかった。

今日、事務所で人数を確認して、コピー機で複製した。部数を入力し、数枚の原稿をスキャン。製本コピーモードで面付から製本まで行った。それがつい三十分ほど前のことだ。一部抜いて頁数は確認したが、内容までは確認しなかった。

こんな事故が起きうる可能性は、コピーのときしか有り得ない。

コピー機内の蛍光管付きヘッドが、ガラス面上の原稿をスキャンするその瞬間だ。

「何だ平川ァ、コピー機の上で寝てたのか。台本じゃなくて、自分の顔コピーして配っちゃったの？」

品質は粗い。それでもこれは右半分をべったりと張り付けた顔だ。女とも男とも付かないが、女と見れば女だ。

応募者らから、せせら笑いが上がる。

若い男が「あれ？」と首を傾げた。

「……でも、ほら、この頁、顔と、ちゃんとセリフが読める。原稿はちゃんとセットしてあったんですよ。ってことはなんすかね、つまり……ん？」

広がりかけた笑いが詰まるようにして止まった。

静寂。

原稿はあった。下向きに、ガラスの読み取り面に向いていた。蛍光管の付いた読み取りヘッドが動いて、ガラス面の下から、つまり——その先が考えられない。

「やめてよ!!」

絶叫で静寂を破ったのは、一人立っていた大学生だった。

彼女は暗がりで、はっきりと怯えていた。

震える足取りでつかつかとパイプ椅子に戻り、ひったくるようにハンドバッグを取り上げると、部屋から出ていった。

「僕も失礼します」

「あ、ありがとうございました」

次々と全員が退出した。


「その後すぐあたし達も追いかけるように出て。台本全部置いてきたって気付いたんですけど、『お前が取りに行け』『絶対イヤ』みたいな感じで……」

彼女が初めて書いた脚本は、貸会議室の一室に纏めて捨てられたままである。

滲み

武田さんの父親は中華食堂を四十年余り営んでいたが、六十を迎えたのを機に廃業し、すぐに生まれ故郷に移住してしまった。

元々の実家は手放してしまっていたので、家庭菜園を作れる程度の手頃な民家を探しての一人住まいである。

長く同じ店で共働きをしていた武田さんの母が、この二年ほど前に急に亡くなり、それもそこそこ流行っていた店を畳んだ一因なのだそうだ。

家は土地付きで購入したが、それで生活資金は足りるのかと武田さんが心配して訊くと、とにかく四十年間何にも余計な出費はしなかったし、毎日十何時間も働いたので、金銭的には何も憂いはないとのはっきりとした返事があった。

では、近くにマンションでも買って住めば良い、田舎暮らしに憧れでもあるのかと問うと、「ずっと気になっていることがあるので、趣味で研究をちょっとしたいだけだ」とのことであった。

どうも、その地元に関わることであるらしいのだが、はっきりとは教えてくれない。

……研究？

中華屋の親父らしからぬ言葉だったので気にはなったが、元々時代小説はよく読んでいたので、郷土史か何か調べたいことでもあるのだろうと思い、その件はそのまま有耶無耶になってしまった。

その田舎の家は、普通の会社員である武田さんの家族の里帰り先となり、季節の風情を折々に味わわせてくれたが、十年近く経った頃、父親は急に体調を崩し、そのままその地元の町立病院で亡くなった。


それから半年余り経って、遺産分けも片付き、武田さんと妻の真結美さんはその家へと車でやってきた。連休を利用して、ただ単に様子を見に来ただけであるが、折角なので二泊ほど過ごそうと思っていた。

この家とその什器《じゅうき》一切は、武田さんへの分与になっていた。他の兄弟は貸し駐車場になっていた店の跡地を選んだ。

資産価値から言うと、跡地のほうがかなり高い。

よくあるように売却後分割の話も出たのだが、何だかそのままでいいような気がして、それで話が纏まって所有することにしたのだった。

窓を開け放ち、中に風を入れる。

秋口のすっきりとした軽風が、籠もっていた空気を押し流して家が生き返る。

元々は農家だったらしく、大量の梅の土用干しができる広縁があり、雨戸を片付けてそこに座ると随分情緒が落ち着くのを感じた。

自分ももう五十近いので、あの頃の老境であった父親の気持ちに少し近づいてきたのかもしれない等と、ふと思う。

見上げれば田舎の空はやたら広く、羊雲が満天に浮かんでおり、何だかそれだけでこの家を売らないでよかったと思えた。

「あら、誰か来たんじゃ?」

台所のほうから真結美さんの声がして、続いて玄関先にスクーターかバイクの停まる音が響いた。

立ち上がって見に行くと、略装の法衣を着た年配の僧侶が、開け放った玄関戸の向こうを静々と歩いてくるのが分かった。

「これは、お主様《すさま》」

「御無沙汰でございます。お車がありましたもので」

近くにある寺の住職で、亡くなった父と母はそこの霊園に入れてもらっているのだった。

元々の武田家の墓も、これは古い墓地のほうにある。

父本人とも親交のあった人で、一周忌の相談にしては早いような気がするが、と考えを巡らせていると、

「いえ、実はこの夏は例年になく里帰りが多かったので、えらく卒塔婆が出ましてですな」

「……はあ」

……卒塔婆？

「墨を切らせてしまいまして」

……墨？

さっぱり話が見えなかった。

「あっ、そうか！」住職は大きな手で頭を叩いて、

「息子さんは御存じないかもしれませんな。これは失礼！」と言って豪快に笑った。

座敷に上がってもらい話を聞くと、

「うちは、昔ながらに卒塔婆を私が手書きしているのですが」

最近は卒塔婆用のプリンターというものがあって、それで印刷したりする寺もあるが、ちゃんと追善供養の意思を尊重し、心を込めて一つ一つを手書きしているのだという。

「ところが、普通の墨ですと木の肌に滲みが出るんですわ」

当たり前の現象なのだが、前記のプリンターには滲みがなく、結果見栄えが違って不興というのか、檀家《だんか》さんの評判がよろしくないらしい。

化学系の塗料の類は、伸びが良くなく筆が走らない。やはり墨が一番いいのだという。

実は滲みを抑えた木地用の市販品の墨も存在するのだが、それ用の墨を何故か武田さんの父親が個人で作っており、時々それを分けてもらっていたのだという。

「墨ですか……？　父が？」

そんなことは全く話していなかったし、子供時代から思い返してみても、そんな趣味を持っていたなど一向に記憶にない。

「もちろん擦って使う墨ではなく……あれは大仕事ですからな。調合した液体墨なのですが、これが実にいい案配でして、滲みがまるでない。その上、卒塔婆というのは御存じの通り雨晒し日晒しになるのですが、市販品より明らかに文字の保ちがいいんです」

趣味の墨作り……などというものが存在するのかどうかは知らないが、老後の手すさびにでも始めたものだろうか？

「もし、作られた物の残りがありましたら引き取らせて頂きたいと思いまして」

まだこの家の中の整理は終わっていなかった。何処かからそれが出てきたら連絡する旨を話した。

「いつも、無地の塗料缶に入れてありましたので……」

この日は、その件だけで住職は引き揚げていった。

夜になって風呂から武田さんが上がってくると、広縁から繋がった座敷の小さな付書院の辺りを真結美さんが、袋戸を開けたりして整理でもしているようであった。

「何してる？」

「いえ、何が入っているのかなあと思って……。これ……」

促されて覗き込むと、硯《すずり》が幾つかと、結構な数の筆が筆巻に包まれて中に仕舞ってあった。

「お義父さん……書の趣味があったんですかねえ？」

「……いや、全く覚えがないが」

普段書く文字だって金釘流で、書の腕前があったとは到底思えない。

硯を一個引き出してみたが、何だか古色があって普通の硯ではないことが素人目にもすぐに分かった。

「これって、端渓硯《たんけいけん》とかいう相当な高級品じゃ……」

「……うーん」

他には桐箱に入ったやはり高価そうな墨が十数個、墨床、水滴、それに筆用の櫛まである。

どうにも中華屋の親父のイメージしかない父親と釣り合わず、居間で晩酌を始めてからも謎が深すぎて、そのことばかりを考えていた。

「……いや、待てよ」

書を書く道具は揃っているが、そもそも肝心の書が何処にもないではないか。

普通なら、家の中に一つくらい作品が飾ってありそうなものだ。

そう真結美さんに話すと、

「じゃあ、誰か違う人が書くために？」

……だが、それでも何か痕跡が残りそうなものだが。と、考えてから、更に武田さんは妙なことに気が付いた。

「紙に書かれた作品は何処にも見当たらないが……」

「……ええ」

「そもそも、紙が何処にもない。書の道具と言えば、半紙のほうが普通一番多めにあるんじゃないか？」

「……あ」

翌朝、朝食を二人で食べていたとき、真結美さんがぽつりと言った。

「ずっと考えていたんだけど」

「……お前もか。おかげで全然眠れなかった」

「あの道具を付書院の地板の上に並べて楽しんでいたんじゃないかしら」

「並べる？　何のために？」

「硯などの文房具そのものを鑑賞するため。『文房清玩《ぶんぼうせいがん》』と言って中国古人の趣味だったと思う」

「……うーん」

確かに、田舎に隠居した父の身の上は宋代とかの山林隠士に通ずるものがあるが、しかし、やはりしっくりとはこなかった。

「でも、書は書かないんだよな。それって、道具を揃えただけで漫画家を気取るようなもんじゃないのか。そんな気性の人じゃなかったよ」

「でも、何故か卒塔婆用の墨とかいう実用品を作っていた……」

「それなんだよなあ」

「むしろ関心は墨にあったとか？」

父親は職人気質《かたぎ》で、包丁や店の厨房道具とかには煩《うるさ》かった。道具があるのなら、きっと使いそうなものだが。

「……あの物置小屋が怪しいな」

「そのようね」


母屋の傍、家庭菜園の北側に小さな物置小屋があった。

農作業用の道具を仕舞っておくための納屋であるのは丸分かりの簡単な作りだったが、真新しいアルミのフラッシュドアが取り付けられており、普段から何かの目的で使用していたのは推察できた。

家庭菜園用に使うであろう鍬《くわ》やショベルなどは、縁側の下に突っ込んであり、ますます企図不明で何だか不気味でもある。

ドアノブに鍵穴が確認できたが、その鍵がなかなか見つからなかった。

結局、実印や通帳が入れられていた文箱《ふみばこ》の中に鍵束があったことを思い出し、それの一個が漸く合致した。

小屋の中に入ると、大きな作業台があったが、予想に反して木屑や鉋屑《かんな》が散乱し、ノコギリなど加工道具がずらりと壁に掛かっていて、まるで木工所のようであった。

「何なのここ？」

「……さっぱり分からん」

だが、奥に事務机のようなものがあり、その天板の上に一個だけ、完成品と思しき平べったい木片のようなものが置かれていた。

綺麗に鉋掛けされた表面に、文字と……意味不明な文様が墨で描かれていた。

「この模様……何か『お札』とかで見たような」

更に、机の正面の壁にはガラスケースで額装された、同じような木片が飾られていた。

だが、これは相当古いものらしく、一部腐ったのか欠け落ちており、描かれている何かも退色して判然としなかった。

二つを見比べて、

「多分、これはこっちの古い奴のレプリカだな」

「何のために？」

「さあ？　しかし、紙がなかった謎は解けたぞ。元々木地に書くのが目的だったんだ」

その後、銀色の無地の塗料缶が三個ほどあるのを見付けた。蓋を開けると濃厚な墨の匂いがして、これがあの住職の言っていたものだと思った。


机の上にあった木片は、丁度ＣＤケースくらいの大きさで、表面にはよく分からないうねった線画が描かれている。漢字も一部あったが、

「『急急如律令《キュウキュウニョリツリョウ》』なんじゃないの？　呪《まじな》いの言葉よ」

模様は、霊符とか呪符とか呼ばれるものではないかと真結美さんは話した。

「呪符を再現していた？」

だが、人を呪うようなじめじめした性格の親父ではなかった。それが目的だとは思えない。

「でも、逆に護符なのかもしれなくてよ？　元々は悪魔を退ける言葉だったような」

「まあ、謎は保留だな」

急に、それを解いても仕方がない気がしていた。誰だって、秘密の部分は残して死んでいくものではないのか。

明日は帰りだし、ついでにお寺に墨を届けなければいけない。

その夜は、早めに就寝することにした。


夜半、武田さんは目を覚ました。

何処かから、女同士の密やかな話し声がする。

隣を見ると、真結美さんの布団は空だった。

ぼそぼそとした声はまだ続いていた。

「……誰と？」

襖を開けて座敷のほうを見ると、付書院の天板に置いておいたあの木片に向かって、暗がりの中で真結美さんが独りごちているようだった。

「……お母さんもあのときは苦しかったでしょう」

……お母さん？

真結美さんは両親ともに既に亡くしている。

……こんな憑依現象まがいの夢遊病の気でもあったのかと驚いていると、真結美さんの声の途切れないうちに、

「もう、どうでもいいことよ……」

と、別の声が被さった。

その声の出所が分からない。

……何なんだこれは？

状況が掴めずに立ちすくんでいると、その明らかに年配の女性の声が、

「……ああ、いけない。あの人が来る」と呻くように言った。

「お父さんが？」

真結美さんが立ち上がった。

そのままこちらのほうへ来そうだったので、先に襖を開けた。

「どういうことだ？」

真結美さんは喘《あえ》ぐようにして、言葉を探していた。

「……それより、父が」

そう言った途端、ズシンと何かが家の外壁にぶつかるような音がして、家が揺らいだ。

武田さんは知っていた。

真結美さんの父親は、一家心中事件を起こしていて、妻である真結美さんの母に包丁で重傷を負わせ、子供達は無事だったが、自身は逃走中に車を交差点でトラックにぶつけて死亡していた。

カリカリカリと、刃物で外壁を掻いていくような音がする。

「……死人が来てるってことか」

「そうとしか……」

やがて、家の外で男女が争うような気配がし、板壁に包丁を突き立てるような衝撃が数度続いた後、急に静かになった。

「……お母さん」

武田さん達はそのまま一歩も動けず、朝を迎えるまで何もできなかった。

真結美さんに詳しく訊くと、眠っていたとき夢の中で「こちらへ来て」と母親の声に呼ばれたのだという。

目覚めても、やはり呼ぶ声がする。

座敷に行くと、付書院の辺りに何か人の気配がして、声だけが話しかけてきた。会話はどう考えても死んだ母親のもので、恐ろしくはあったがついつい話し込んでしまったのだとの説明であった。

……その後は、体験した通りだとのこと。

「やはり、原因はこれか……」

あの木片に目をやる。

「……何なんだこれは？」

——それを持って、あの住職の寺に相談に行った。

住職は最初首を捻っていたが、

「これは『呪詛木簡』というものではないですかなあ」と、絞り出すようにして言った。

「この辺りの田んぼや畑からは、時々昔の木簡が出ましてな」

何故かは分からないが、昔木簡が大量に廃棄されたことがあったらしく、土に埋もれたそれが見つかることがあるらしい。

「出てくるのは、奈良時代とか、そんな昔のものじゃないんですわ。結構江戸時代くらいまで紙は高価だったらしくて、木簡はずっと併用されてきたんですな」

併用されてきたが故に、紙に書かれた資料が近代に近づくほど多い。

そのため、価値としては低く見なされ、見つかっても保護されることは少ないのだということ。

その中に、呪符の類の資料が混じっていたものだろうか……。

「で、お願いがあるのですが」

妙なことがあったので……とだけ言って、それの処分をお願いすると、

「お焚き上げ致しましょう」との返事であった。

物置小屋で見付けた墨の缶を渡し、そのまま武田さん夫婦は自宅へ戻った。

変事はその後はない。

「これは想像ですが……」と武田さんは言う。

「親父は、多分あそこに住んでいた子供の頃に、あの木片を見付けたんでしょう。そして、何かがあった。……幽霊を見たのかもしれない。きっと、あれが死人を呼び出せることに気付いていて、ずっと保管していた。……けれど、どうも木簡が劣化してきて効力が切れてしまった。水分をずっと保持してやらないと、昔の木片は駄目になるようですから」

「で、いつか再現してやろうと思っていた？」

「いえ。……恐らく」

「違うと？」

「再現する気になったのは、母が死んでからじゃないかと。……会いたかったんでしょうかね」

「……」

後日譚として少し。

あの家の納戸にあった大きな漬け物樽を開けると、昔の木簡が幾つか水に漬けられた状態で見つかった。

どうやら、それを乾かし、何かの油と燃やしてその煤を集めていた形跡も見つかった。

それを墨汁に混ぜると、滲まない墨が出来上がるのではないかと、ちらりと武田さんは思ったそうだが、だからと言って再現する気はないのだという。

「墨職人は、紙にどうそれが滲んでいくのかに命を掛けているんだそうです。多様な墨自体の表現力をもっと引き出したいと。ですので、滲まない墨というのはやっぱり邪道なものではないかと」

そう思うのだそうだ。

SとM

「最近はネットで買えるから恥ずかしくなくていいですよね」

智花さんはアダルト系の漫画を読むのが好きだ。

彼女が大学生のときは、買うなら書店かコンビニなど。直接店で手に入れる方法がメインだった。人に見られるのは恥ずかしい。その本専用の自販機が一人暮らしのマンションから見えるところにあり、深夜にこっそり買おうか真剣に悩んだこともある。


当時、アルバイトをしていたスーパーで仲良くなった女性がいた。智花さんより一つ年下の奈美さんだ。二人は同じ売り場を担当しており、毎日のように顔を合わせていた。気さくで話しやすい奈美さんとは気が合う。たまたま奈美さんも彼女と同じような趣味を持っており、仲間でもあった。奈美さんは趣味の漫画を数冊所有しており、それを智花さんに貸してくれた。

漫画を借りて見て分かったのだが、奈美さんにはＳＭを好むところがある。そういう内容のものが多かった。智花さんは特に興味がなかったが、読めるなら何でもよかった。

その日、アルバイトが終わり帰ろうとしたところで、奈美さんが本を持ってきた。見えないように袋に入れている。

（ああ、いつものだな）

礼を言い、受け取る。奈美さんは「それ、あげるから返さなくていいよ」と言った。

この日は疲れていたこともあり読まずに寝たが、夜中に目が覚めてしまった。

誰かに足を触られているような気がする。確かめようとしたが身体が動かない。両腕が背中のほうに回った。最初に手首と指が何かで固定されたように動かなくなった。次に身体も締め付けられるような感じがする。痛みはない。

これまでに金縛りというものは体験したことがない。これがそうかと思った。困っていると今度は胸を揉まれた。

身体が動かせなくても、このまま横に転がるくらいなら行けるのでは――。

そのまま布団から転がり落ちる。すると身体は自由になった。

（奈美ちゃんの本を読みすぎたのかな）

このときは欲求不満か何かで、そういう影響を受けた。そして寝惚けたと思ったが、次の日の夜も同じような目に遭った。そういう本を読む自分が悪いのかもしれない。奈美さんに貰った本はまだ読んでいないが、返そうと思った。

「やっぱり貰うのは悪いから」

次にアルバイトで奈美さんに会ったとき、こう言ってから返した。そのとき読んだかと聞かれたので、首を縦に振った。アルバイトに出る前に、我慢できず読んでしまった。その本の内容は夜中の自分と重なる部分が多い。読む前からおかしな目には合っている。本の影響だとしては妙だと感じた。

「この本、男友達から貰ったの。でも私も要らないから」

縛られてる女の人を描くのが好きな、自称日本で三本の指に入る縄氏のお友達だという。奈美さんもその本を読むと夜中にうなされる。だからいらないと智花さんに譲ったようだ。うなされただけかと問うと、奈美さんは何か含みがあるような笑い方をした。

奥の客

門司君は高校卒業後、二年浪人してから専門学校へ進学。地元を離れて一人暮らしを始めた。

引っ越して間もなくアルバイトも決めた。自宅アパートから歩いて十分程の場所にある本屋だ。そこは遅くまで営業していて、授業が終わってから働くのに丁度よかった。

店の奥には暖簾が掛かっており、その奥がアダルトコーナーになる。さっと入ってしまえば外からは中が見えない造りだ。

門司君の勤務中にも、男性が中に入っていくところは度々見かける。この店では何故か中に入った客が、すぐに出てきてしまうことがあった。しかもかなりの早足で立ち去る。

恥ずかしそうな顔をしている客もいれば気まずそうな客もいる。暖簾をくぐってしまえば店内にいる客からは見えない。

(恥ずかしいと思うのは、そこに入るときと出てくるときくらい。あとはレジに行くときくらいか)

何故客がそんなに慌てて出てくるのか理解できなかった。

働き出して数カ月した頃。常連客の男性と少し話をするようになった。彼はアダルトコーナーの常連でもある。その彼から妙な話を聞いた。

「ここのアダルトコーナー。女の客が来るよな」


暖簾をくぐって中で商品を物色しようとすると、奥に女が立っている。自分より奥にいるということは、彼女のほうが先に来ていたことになる。髪は長く、細身で長身。スタイルもよく、いい香りがする。

大抵の客は女性がいたことに驚き、恥ずかしさからか慌てて出ていってしまう。その常連客は綺麗なその人と会ったことがない。他の客から話を聞き、そんなに綺麗な人なら会ってみたいと考えた。

女性がいたことに驚き逃げ出すため、誰もはっきりとその女性の顔を見たことがない。目が合ったら気まずいので、じろじろとは見ていない。

仕事でこの書店にいる門司君なら会ったことがあるのではないか。常連客はこう考えた。

(あそこに女性が入っていくところなんて、見たことあったかなぁ)

アダルトコーナーを女性客は絶対に利用しない、とは断言できない。

話を聞いてから勤務中に気を付けてみるようにしたが、女性が暖簾をくぐっていく姿はなかった。

それから暫くして、例の常連客とまたその話になった。

「まだ会えてないけど、残り香は嗅げた。すっげぇいい匂い」

あと少しで会える。ニヤニヤと嬉しそうに笑う。彼は暖簾をくぐって中に入っていくのが目的になっているような気もした。

それが何日か続いた頃、常連客はアダルトコーナーから走って出ていった。それっきり店に現れなくなった。

近くの商店街を歩いているときに一度ばったり会ったが、元気そうで特に変わりないように見えた。

「あの女の話はもういいから」

最後に走っていった理由を訊ねたが拒否された。

門司君は「俺もまだ会ったことはまだないけど、残り香は確かにありましたね」と嘘を吐いた。男性は酷く嫌な顔をするとその場から去った。

二年くらいその本屋で働いていたが、その女性には会えない。逃げ出す客の数だけが、徐々に増えていった。

※

智花さんが学生時代の話だ。当時彼女は大学近くにあるマンションの一室で、一人暮らしをしていた。

その日。彼女の部屋に、同じ予備校に通っていた友人とその仲間の計四人が遊びに来た。参加者は全員女性だ。皆で持ち寄った食材で食事を済ませ、ゲームをしていると「負けた人は罰ゲームをしないか」という話になった。色々と調子に乗って話しているうちに話がおかしなほうに転がった。

彼女のマンション近くに書店がある。そこのアダルトコーナーに行って一冊本を買ってくる。

これが罰ゲームの内容だ。

その場にいた全員が言葉には出さないが、興味があったのだと思う。「罰ゲームだから仕方ない」という理由があれば、恥ずかしさも和らぐような気がした。もちろん購入する書籍の代金は、皆で割り勘だ。

罰ゲームなのだから負けた人が一人で行く予定だったが、最終的に「負けた人ともう一人。二人で行く」ということになった。負けて本屋に行くことになったのは、智花さんと友人の仲間のうちの一人。会ったのは今日が初めての子だ。

二人は日が暮れてから書店に向かった。当たり障りのない会話をしながら店に入る。目的のアダルトコーナーは店の奥。暖簾の先だ。

「さっと入って、適当に本を一冊持ってレジに行こう」

選んでいる余裕はないと思った。

二人で中に入ると男性客がいた。彼女達が入ると同時に逃げるように去った。急に女性が入ってきて驚いたのかもしれない。申し訳ない気持ちになった。

急いで本を選ぶ。レジに持っていっても恥ずかしくないように、なるべくタイトルと表紙が過激でない物を選んだ。

智花さんが本を持って暖簾をくぐろうとしたとき、後方からいい香りがした。香水の香りだ。

思わず振り返って見ると、奥に複数の黒い人影が立っていたがさっと消えた。

二人は会計を済ませると、部屋まで急いで戻った。

買った本は皆でしっかり読んだ。

自販機本

一九八四年、現在五十代の男性、野島さんが高校二年生の夏。

彼は日が暮れると、自転車に乗って、自宅から五、六キロ離れた田舎町へ向かった。そこは近くに民家は一軒もなく、田畑と畦道ばかりが続いていたが、暗闇の中にぽつんと光るものが見える。〈自販機本〉と呼ばれるエロ本の自動販売機が一台、道端に立っていたのだ。当時、自宅近くにできたコンビニでも、エロ本やそれに近い男性向け雑誌が売られるようになっていたが、野島さんは店員に顔を見られるのが怖かったし、死ぬほど恥ずかしかったのだという。

野島さんは近くに通行人がいないことを確かめてから自転車を降りると、緊張しつつ自動販売機に近づいた。その内側には銀色の幕が張られ、夜間だけ灯で中の本が浮かび上がる仕組みになっている。彼が〈自販機本〉を買うのは、このときが初めてであった。販売している本は一種類だけで、金額は六百円。文庫本が三百円前後で買えた時代なので、やけに高く感じられた。

（でも、折角ここまで来たんだから……）

野島さんは不満に思いながらも百円硬貨を六枚投入した。そのとき、〈ふうっ！〉と大きく息を吐くような音が聞こえた。野島さんはどきりとして、すぐさま辺りを見回した。

自動販売機の裏手は窪地になっていて、水を張った田んぼが広がっているらしい。月明かりの下、稲の中に一人佇む人影がぼんやりと見える。初めは暗くて性別や背格好がよく分からなかったが、相手は急に動き出した。泥水を撥ね上げ、稲の葉や茎を擦る足音が聞こえてくる。人影はこちらに向かってきて、斜面にしがみつき、登ってこようとしていた。

相手の姿がはっきりしてくる――。

全身を真っ黒な服に包んだ、髪の長い女であった。

野島さんは仰天し、自動販売機から出てきたエロ本を引っ掴むと、自転車に飛び乗って逃げ出した。女が怖かった訳ではない。エロ本を買っているところを目撃されたことが恥ずかしかったのだ。そのときは、女のことを生身の人間だと思っていたという。

帰宅した野島さんは自室に籠もると、机の前に座って、買ってきたエロ本を開いた。表紙は水着を着た妙齢の愛らしい女性が写っていたが、中身のヌードグラビアは小太りな中年女性ばかりが写っていた。しかも、グラビアは最初の十数頁のみで、あとは劇画調のエロ漫画が延々続く。描かれた女性達の顔や姿はどれも美しくなかった。

「うわあ、これで六百円かよ。ちきしょう、ボラれたなぁ！」

と、独り言《ご》ちながらも野島さんは、もったいない、と思ってベッドに移動し、漫画をゆっくり読もうとした。枕に頭を乗せ、仰向けに寝ると、胸の上でエロ本を広げる。

暫くして……。

急に耳元から、女の声が聞こえてきた。小声で何かを話している。野島さんは驚いて跳ね起きた。それでも、ささやき声は途切れることなく続いている。

「……誰か、いるのかっ？」

室内を見回したが、もちろん彼の他に人気《ひとけ》はなかった。女のささやき声はまだ続いている。声がするほうに顔を近づけて目を凝らし、耳を澄ませてみると――。

その声は枕の中から聞こえていた。静かな、高めの声である。優しく語りかけてくるような調子で、「……なのよ」「……から……」「あたし……」といった言葉が聞き取れたので日本語を話しているらしい。

だが、それ以外は何を言っているのか、さっぱり分からない。野島さんは枕を手に取って調べてみた。特に異変は見当たらず、彼がそうしている間も、女のささやき声は続いていた。しかし、五分ほど経つと、自然と聞こえなくなったという。

それ以来、野島さんが自室にいると、同じ女の声が聞こえてくるようになった。不定期で、何日か聞こえないこともあれば、二、三日続けて聞こえることもある。いつも共通しているのは、話の内容が聞き取れないことと、五分ほどで止むことであった。

野島さんは〈漫画中心の自販機本〉を読み終えると、家族に見つかることを恐れて近所にある公園のゴミ箱に捨ててきたが、その後も女のささやき声は聞こえ続けた。このことは家族の誰にも話していなかったそうだ。

ところが、ある夜。三つ年下の妹が自室から飛び出してきて騒ぎ出した。

「女の人の声がするの！　あたしの枕から！」

更に両親も、

「そういえば、昨夜、お父さんも聞いたよ。枕から人の話し声がしていたんだ。気のせいかと思って、黙っていたんだけどな」

「それ、女の人の声じゃなかった？」

「そうだ。知らない女の声だったよ」

「それなら、私も一昨日、聞いたわよ。眠かったから、夢だったのかと思って、言わないでいたんだけどね」

などと言い出す。

(俺が、あのエロ本を買ってきたのが原因かもしれない。拙いことになったぞ……)

野島さんは不安に思い、家族から何を聞かれても、「俺は聞いてない」と知らない振りを決め込んだ。とはいえ、彼にもずっと女のささやき声は聞こえていたので、秋になった頃、同じ高校に通う親友の岩崎君にこの話をした。〈自販機本〉を買ってからの一部始終を語って聞かせると、岩崎君は目を輝かせた。

「そりゃあ、自販機の裏にいた女はきっと、幽霊か妖怪だったんだよ。お前にとり憑いちゃったんだろう」

「そんな馬鹿な。あれは人間だったよ」

「田んぼの中にいたんだろ。生身の人間が夜に、何でそんな所にいるんだよ」

「む……。そう言われてみれば……」

確かに、野島さんにも不可解に思えてくる。そこで明るい時間帯にもう一度、同じ場所へ行ってみよう、ということになった。岩崎君も興味を示して付いてきた。

現場に到着して自転車から降りる。野島さんは、日没前なので誰かに見られていないか心配ではあったが、今度は岩崎君が一緒だったせいか、先日ほど緊張はしなかった。自動販売機の裏手を見ると、高さ二メートルほどの急な斜面があり、その下にはやはり田んぼがある。夏に来たときとは違って、水を落としており、稲穂が豊かに実っていた。そこに一体の案山子《かかし》が立てられている。使い古された長身のマネキンを利用したもので、黒い服を着せられ、帽子は被っておらず、髪の長い女の姿をしていた。

「なあんだ。お前、あれを人間と見まちがえたんじゃないのか」

岩崎君が笑う。

「いや、そうじゃない。俺が会った女は、歩いてそこを登ってこようとしてたんだよ！案山子が歩く訳ないじゃないか！」

野島さんは斜面を指差しながら説明したが、岩崎君はいつまでも薄笑いを浮かべていた。

「信じられないなら、うちに来いよ！　枕が喋るんだから！」

岩崎君は野島さんの自宅へやってきた。そして部屋に入ると、

「枕って、それかい？」

野島さんが返事をする前に枕を手に取った。そして隅々まで凝視してから、耳を当てた。

「何も聞こえないぞ。何処も変じゃない。ただの枕じゃないか」

岩崎君は冷笑を浮かべながら帰っていった。元はと言えば、田んぼにいた女のことを「幽霊か妖怪だろう」と言い出したのは彼のほうだったのに、現地で案山子を見てからは人が変わったようであった。

けれども、それから数日後、岩崎君は突然、学校に来なくなった。初めは体調不良とされていたが、後に夜になって野島さんの家に電話を掛けてきた。

「こないだはすまなかった。あれから、家で変なことが起きてるんだ。俺の枕から女の声が聞こえてくるようになってさ……」

声音が震えていた。岩崎君は初冬になっても登校してこなかった。野島さんが心配して彼の自宅に電話を掛けると、すぐに出たが、

「最近、何処にいても女の声が聞こえてくるんだ。枕だけじゃない。一日中聞こえてくる

んだから、眠れないし、頭が休まるときがないんだよう！」

そこまで言った後、いきなり耳障りな奇声を発したかと思うと、電話は切れた。

岩崎君は発狂してしまったらしい。彼は精神病院に入院させられ、それきり二度と学校へ戻ってくることはなかった。

そしていつしか野島さん宅の枕から、女のささやき声が聞こえてくることはなくなった。

〈自販機本〉は一九八〇年代の半ば頃には、有害図書として排除しようとする向きが増えたことと、アダルトビデオやコンビニで販売されるエロ本の人気に押されたことなどから激減している。間もなく、あの自動販売機も営業を辞めてしまった。暫くは田畑の真ん中に通電していない状態で放置されていたが、数年後からその界隈で大規模な道路工事が始まり、畦道も田畑も潰されて国道のバイパス道路へと変貌してしまった。

今では自動販売機が何処に存在していたのか、野島さんも正確な場所は思い出せないという。

岩崎君がその後、どうなったのかも知らないそうである。

河原にて

　上山さんが小学校に入学した頃の話である。

　ある晴れた日曜日のお昼過ぎ。

　間もなく訪れるであろう梅雨の気配が一切感じられない、非常に心地よい午後であった。

　仲の良い友達数人と一緒に、上山さんは近所の川で魚釣りをしていた。

　皆一様に、林で取ってきた竹を釣り竿にして、何かを狙う訳でもなく、川面に漂う浮子《うき》を見つめていた。

　しかし、彼らにとって釣れない釣りほど退屈なものはなかったのかもしれない。

　早速浮子を見ているだけの行為に飽きた友人のコーちゃんが、釣り竿を地面に置いたまま、何処かへと行ってしまった。

　上山さんが粘り強く餌のミミズを頻繁に替えて、何とかして魚を釣ろうとしていたとき、何処からともなくコーちゃんの声が聞こえてきた。

「おーい！　こっちさ来い！」

　その声を聞くなり、釣れない釣りに飽き始めていた皆は、いい切っ掛けとばかりに釣りを止めてコーちゃんを探しに行ってしまった。

上山さんはまだまだ釣りをしていたかったが、そうも言っておられず、渋々と皆の後を追っていった。

「これっ！　これっ！」

甲高いコーちゃんの声が、辺りに響き渡る。

川辺から北側に向かって、雑草の生い茂った所を越えた小高い山の麓に、皆が集まっていた。

まるで円陣でも組んでいるかのように輪を作りながら、皆一様に地面を見つめている。

「どうかしたんが！」

何かあったのかと思って訊ねてみると、コーちゃんが下品な笑い声を上げながら言った。

「いいもの見付けた！　見《み》っぺ！　早く、見っぺ！」

彼らの見つめる先には、一冊の雑誌が捨てられていた。

表紙には水着を着た女性が、おかしなポーズを取っている。これは明らかに、成人向けの雑誌に違いない。

「うわっ、キッタネーべ。そんなの」

上山さんはそう言って眉を顰《ひそ》めたが、もちろん中身に興味がなかった訳ではない。

しかし、自分から率先してその雑誌に触れる気にもなれない。

皆そう思っていたのか、一斉にコーちゃんの顔を見た。

発見した責任感からかもしれない。ほんの少しだけ躊躇《ちゅうちょ》した後で、コーちゃんはその雑誌を手に取った。

雨露に曝《さら》されたせいなのか、雑誌全体がふにゃふにゃに波打っている。

コーちゃんは器用に指を動かしながら、付着した紙同士を綺麗に剥がしていく。

その上、皆がしっかりと見えるように、ゆっくりと頁を捲っていった。

上山さんを含めて、皆固唾《かたず》を呑みながら写真に見入っている。

いつしか下卑た笑いをしていたコーちゃんからも、荒い息遣いしか聞こえてこなくなってしまった。

そしてとうとう、最後の頁を捲ったときのことである。

皆の視線を集めたまま、最後の頁が露わになった。

そこには印刷された写真も文字もなく、赤黒い手書きの字で「終」と一面に大きく書かれていた。

意味が分からずに皆不審がっていると、何処からともなく大声が鳴り響いた。

「馬鹿めらっ！　おめえらっ！　そつげなとごで、何してんだっっっっ！」

上山さんはハッと気が付くと、すぐさま視線を声のした方向へと向けた。

川辺に佇む野良着姿の爺さんが、真っ赤な顔をして怒鳴り散らしている。

意味が分からずに辺りを見渡すと、いつの間にか周りは水で囲まれていた。

そして少し前までには一切感じられなかった、水に濡れた冷たい感覚が、一気に腰の辺りまで感じられた。

「早ぐっ！　早ぐっ！　早ぐ上がってこいっ！」

相変わらず血相を変えて怒鳴っている爺さんの顔を改めて見直したとき、上山さんは自分達に起こっている事態を理解した。

自分達はいつの間にか川の中へと入水していたのだ。

既に水位は腰の辺りまで来ていたから、もう少し進めば頭まで浸かってしまうであろう。

上山さんは大きな悲鳴を上げ、皆の身体を平手で叩きながら岸へと急いだ。

コーちゃんを含めて皆青い顔をしつつ、一心不乱に川辺へと進んでいった。

たっぷりと川の水を吸った衣服は大層重く、岸まで戻ったときには全員肩で息をしていた。

そして戻ったところで、真っ赤な顔をした爺さんの拳骨が、全員の頭頂部に強めに一発ずつ叩き込まれたのであった。

「何で、何処に行っても河原に転がっているんでしょうね。アレ系の雑誌って」

物凄く怖いんですけど――と、上山さんは呟いた。

あの部屋

奇譚ルポルタージュ

　実川信司さんには、中学から高校まで同じ学校だった友人がいる。

　友人の名は、中河内と言う。

　映画や音楽、アニメに詳しく、所謂オタク的男性だったが、クラスメイトの女子人気は高かった。外見はそれなりだったし、スポーツもできて、会話も面白いからだろう。

　そんな中河内の家は、古書店を営んでいる。

　古書好きの父親が継いだ土地と家屋を元に、増築して整えた店だ。

　と、言っても古書店一本で食べるような専業ではない。

　父親は普通に外で仕事をし、休日に古本の買い付けや、値段付け他の業務をこなす。

　普段は母親が店番を任されていた。

　生活基盤としての収入は父親の仕事ありきで、古書店の売り上げは微々たるものだ。

　彼曰く「それでも古書店はいいぞ。レアな書籍とか映画パンフレットとか、向こうから売りに来るんだからな。見付けたら確保しておくんだ」。

　いいなぁと思ったことを覚えている。

　その中河内の家の話をここに語ろう。

十五年前の高校二年生のとき。晩秋の頃だった。

実川さんは中河内の家へ泊まりに行った。

中学時代から何度か同じようなことをしていたので、特に問題はない。

いつも、中河内が集めた漫画全巻セットを一晩で一気読みするとか、対戦ゲームを朝までやり込むとか、いずれにせよ学生らしい過ごし方だったと思う。

しかし、彼の家を訪ねるたび、同じことを感じていた。

(コイツんち、やっぱり独特だな……)

店舗兼自宅の古書店は、左右を他の店に挟まれている。

それらの店はどちらも間口が広く、客からすれば入りやすさがあった。

対する古書店は入り口が狭く、一見の客が足を踏み入れるにはハードルが高い雰囲気だ。

そもそも〈古本マニア〉が好むような個人店舗だから、仕方がないのかもしれない。

一歩足を踏み込むと黴《かび》や埃臭い独特の空気が満ちている。

高い本棚や積み上げられた在庫の段ボールで照明は遮られ、意味を成していない。

棚と本の間にあるウナギの寝床のような細い通路を進むと、一番奥にはガラスケースとレジがある。

中は稀覯《きこう》本のような高額なアイテムが入れられており、その後ろに中河内の母親が座っていた。母親は年齢の割に綺麗な顔立ちだが、薄暗さのせいかいつも不機嫌に見えた。

この母親にひと言挨拶をしてから家に上がる。彼なりの礼儀だった。

「おばさん、こんにちは」

「ああ、実川君。あの子は二階だから。玄関から入って、上がって」

軽く頭を下げ、店を出る。

そこから一旦裏通りへ入り、店舗裏手にある玄関でチャイムを押すと、中河内が出迎える、がいつものパターンだった。

「おう。実川」

彼がドアを開くと、店の臭いと同じ空気が流れ出してくる。

玄関内に入ると、一階のリビングや台所へ通じる廊下が見えるが、何処も段ボールや積まれた古本でいっぱいだ。

「上がれよ」

中河内に誘われ、狭い階段を上がる。そこも古本が置いてあった。

彼の部屋は二階の一番奥で、窓は北側の一箇所にしかない。

部屋は九畳くらいの広さだ。

本棚と机、テレビと小さなテーブルなどがぎっしりと詰め込まれている。

床には本が積み上げられており、空きスペースは僅かだった。

座る場所は大体決まっていて、テーブルとテレビの間だ。

そこでゲームをしたり、映画のＤＶＤを見たりする。

疲れてきたら近くの本を他へ積んで隙間を空け、寝転ぶ。

雑多な感じが逆に居心地が良かったように思う。

そんな中河内の部屋へ入り、定位置に腰を下ろす。

「おい。実川、これ」

彼が漫画の山を指差す。以前から集めていたタイトルが全巻揃っていた。

かなりレアで、全部を入手するのは難しいと言われていたアイテムだ。

特に最終巻辺りは初版が少ないため、なかなか見つからない。

名作なので後に出た愛蔵版もあるにはあるが、やはり最初に出た単行本に価値がある。

「全部、初版なんだ。凄いだろう？」

昨日、何処かの中年女性が纏めて売りに来た中にあったと言う。

買い取りした母親が言うには、漫画コレクターの夫が亡くなり、その妻が持ってきた、らしい。

「うちはチェーン店より高く買い取るからなぁ」

このような死者のコレクションから中河内の手に渡ったものは多い。

売り物を勝手に、と母親は厭がるが、父親はそれを許している。

父親自身がコレクター気質だったことと、息子のマニア振りを応援している節があった。

その日、実川さんはその新しいコレクションを一巻からゆっくり読むことにし、仰向けに寝転んで、内容に没頭し始めた。

中河内は既に一度読み終えたようで、ゲームを始める。

とても面白い作品だ。

夢中になって頁を捲っていると、不意に右肘がぐいと引かれた。

中河内かと思い、頭を上げると彼は自分の足元に近いところにいる。

どう考えてもこちらの肘を引くことはできない。

(……あれかな?)

誌面に目を戻すとまた引っ張られた。さっきより少し強い力だ。

(ああ、やっぱりこれは)

実川さんは悟る。

「おい。中河内。始まったかも。腕を引っ張られる」

そう告げると彼が振り返る。

「ああ、昨日、それ、あったわ。追い出すぞ」

そう言いながら立ち上がり、いつものように机から塩の袋を取り出し、こちらへ渡した。

実川さんは漫画を一度元へ戻し、塩を舐めた後、窓を全開にして空気を入れ換えた。

それ以降、何も起こらない。

「昨日もやったんだがなぁ。死んだ人、余程コレクションに執着しているんだな」

中河内が笑う。

彼の部屋で過ごしていると、時々おかしなことが起こった。

天井の蛍光灯が風もないのに、揺れる。

寝転んでいると、カーペットの下からノックするような音が聞こえる。

本棚がミシミシと軋み、積んでいた本が落ちてくる。

中河内曰く「見えない何者か——多分、元の持ち主が来ている。よくあることだ」。

いつも起こる訳ではないが、やはり少し厭だった。

が、部屋の主である彼が平然としているので、恐れる自分が恥ずかしくなってくる。だからいつも黙って我慢した。塩を舐めて、部屋の空気を入れ換えれば収まるのだから。

異様なことも繰り返されると慣れるのだろうか。いつしか何も感じなくなってきた。

それればかりか、何かが起こると携帯で動画を撮るほどの余裕ができた。

後から見てみると音が入っていなかったり、ただ単に家具が揺れていたりする程度のものなので、特に面白いものではない。

だからデータは消し、撮影もあまりしなくなったのだ。

そんなことを思い出しながら、実川さんは再び漫画へ目を落とす。

（今日は肘を引かれたくらいで終わったな）

内心、ホッと胸を撫で下ろした。慣れたと言っても、やはり気になる。

この部屋で、この古書店で体験したことの内、強い印象を残した出来事もあるのだから。

一つは、去年の、ある冬の雨の夜のことだ。

実川さんがいつものように中河内の対面に座り、レアな本を読んでいるときだった。

視界に動くものが入る。

顔を上げると、正面にある押し入れが拳一つ分開いていた。さっきは閉じていたはずだ。

また〈見えない何者〉かの仕業と思い、中河内に教える。

「おい。押し入れが勝手に開いているぞ。閉めてくれよ」

返事をしてから中河内が立ち上がり、かなり力強く閉じた。

再び座った彼が、苦笑いを浮かべる。

「実川、お前見た？　何だろうな、あのギョロ目」

見た？　ギョロ目？　何だそれは？

訊けば、押し入れの隙間からこちらをじっと見つめる顔があったようだ。

身体はない。あるのは頭部だけ。脂ぎった長髪の中分けで、細い輪郭。

目玉だけがギョロリとまん丸に見開かれていたと、彼は笑い続ける。

「それにそいつ、実川のほう、じっと見てたぞ」

ゲラゲラ笑う彼を余所に、一気に血の気が引いた。

実はさっきから、背中側から覆い被さる人の気配を感じていた。

振り返ると本棚で、人が入る隙間はない。

ああ、いつものことだなと無理矢理無視をしていたのだ。

それはまだ残っている。もう一度振り返る。

やはり、何もいない。

立ち上がろうとしたとき、また開いた押し入れが目に入った。さっきより広い隙間だ。

実川さんの視線に気付いた中河内が振り返り、そして、少し大きな声を上げた。

「あ、落ちた」

彼の視線は押し入れ上段から床を伝い、そして、実川さんのほうへやってくる。

「そこ、頭あるぞ、ギョロ目の」

中河内の指差したのは、すぐ傍のカーペットの上だ。

流石に耐えられず、その日は家へ戻ることにした。

傘を差し、暗い道を早足で進む。

その道すがら、ずっと背後から〈おぅ、おぅ、おぅ、おぅ……〉と、か細い声が追いかけてきた。

気が弱い男性が何か抗議をしているような、そんな響きを感じだ。

振り返ることはできない。

大きめの道路が出てくる。左右を確認した。幸い、車は来ていない。このまま声を振り切ろうと渡り出したとき、縁石に躓《つまず》き、転んでしまった。

痛みで唸りながら立ち上がると、目の前をトラックが通り過ぎる。

巻き上がる風と雨。轟音。長いクラクションが鳴っていた。

(車、一台も来ていなかったはずなのに)

対岸に渡り切ったとき、全身から汗が噴き出した。

降りしきる雨の中、自分が来た方向を眺める。

対岸にさっきまで差していた自分の傘があった。

しかし、それは閉じられ、地面に突き立てられている。

左右を何度も確認し、恐る恐る取りに行く。

傘を確かめて、思わず声を出してしまった。

先端が、側溝の穴に突き込まれた状態だった。

誰がやったのか。もう、抜き取る勇気はない。

傘をそのままにし、逃げ帰った。

だが、翌日、中河内が傘を学校へ持ってきた。

「お前、傘、忘れていただろ？　玄関の外にあったぞ」

その言葉に、ギョッとしてしまう。

事情を説明すると、流石に彼にも思うことがあったのだろう。

傘は廃棄し、二人で神社と寺へ足を運んだ。


それから一カ月ほど、実川さんは中河内の部屋へ行けなかった。

しかし、喉元過ぎれば、だろうか。どうしても二階のあの部屋へ行きたくなった。我ながらおかしいな、と思いながら。

金曜の夜、中河内とファーストフードで食事をし、そのまま彼の部屋へ入った。

このとき、いつもの通り彼の母親へ挨拶したが、いつにも増して仏頂面だ。

「何かあったのか?」

「父親が、ちょっとな」

古書の買い付けの際、予定以上の予算を使ったせいで夫婦喧嘩があったらしい。

彼の父親は目の前に興味のあるものが出てくると、我を忘れるタイプだった。

欲しければ無理をしても買う。買ったら買ったで、ケースに入れて売らない。欲しいという人が来ても、理由を付けて断る。商売にならない。

結局、自分の物にしたいのだ。

「親父らしいっちゃあ、らしい」とは息子の弁である。

そういう中河内もその血をしっかり受け継いでいるのだが。

その証拠に、その日も彼は一冊の書籍を自慢してきた。

「これ。先週、たまたま売りに来た奴。これはレアだわ」

ハードカバー、帯付き。そこまで古くないように見える。

「平成の本だが、自費出版で部数が少ない」

ある芸術家の遺稿集だった。

「まだ半分くらいしか読んでいないが、中身も面白い」

興奮しながら、読んでみろと渡された。パラパラ頁を繰ってみると、確かにそうだった。

夢中になって読み進める中、三分の一くらい進んだときだろうか。

折りたたまれたわら半紙が挟み込まれているのを見付ける。

色味からして古い。何かが透けて見えた。印刷だろうか。

「これ、何だ？」

中河内へ差し出すと、訝しげな顔に変わる。

「え？　買い取るとき、お袋、一応チェックはするんだけどなぁ。店を始めた頃、売り手から怒鳴り込まれたことが何度もあったみたいだから」

売った本にへそくりが挟んであったはずだから返せ、や、思い出の大事な写真が入っていたはずだから見付けてください、など枚挙に暇《いとま》がない。

珍しい本ならまだしも、ベストセラー本や近年の本は簡単にチェックを済ませて店頭へ並べる。大体百円から五百円本コーナーなので、回転は速い。

売れてしまった本に関して、その行く先を調べるのは土台無理な話だった。

それでも売り手は身勝手なクレームを繰り返す。

とてもじゃないがいちいち対応していられない。

「そんなことが多いからさ、買い取りの査定のとき、丁寧に調べるんだよ。うちの両親。問題にならないように、本人の目の前で」

それで分かったのは、紙幣や封筒、写真、レシートやちょっとしたラブレターじみたもの、とても古い紙幣など、忘れ去られた物が出てくることも少なくないことだ。その場で渡すことができ、無用のトラブルが避けられるようになった。

ただ、このことを知って「もったいない！」と文句を付けてくる古本マニアもいるらしい。

「紛れ込んだ品々は、本の持ち主の歴史や思い出を感じられる要素だから、返すなんてとんでもない」らしい。

古書を扱う側からしても分からない言い分ではないが、やはり客との間に無用の揉めごとが起こるより返したほうが手間にならない。

「じゃあ、これ、どうする？」

「中を一度見てみてからかな。物によるからなぁ、こういうのって」

中河内がわら半紙を開く。

Ｂ４程度の大きさだ。そこには鉛筆画があった。

「……鬼？」

稚拙な絵だ。

左右の手足を振って駆ける鬼らしきもの六体を上方からの視点で描写しようとしていることは理解できる、が遠近法も何もなく、パースが狂っているようにしか思えない。

鬼っぽいものの身体のバランスもチグハグだ。

そもそもこれは鬼なのだろうか？

顔が、子供の描く〈お父さん、お母さん〉のようだ。

グルグル目に団子のような鼻、丸の口。迫力は全くない。

服装も半裸に虎の腰布ではなく、一糸まとわぬつるんとした身体である。

頭に二本角や一本角があるから、鬼だと感じただけに過ぎない。

そのまま全体をチェックしていると、右下に小さく鉛筆で入れられたサインを見付ける。

平仮名の人名と西暦、月日だ。

男性名だが、字の感じは大人。しかし、平仮名なので子供の可能性もある。

年月日も去年のものだから、古い時代に描かれたものではない。

「どうする？」

実川さんが訊ねると、中河内は渋い顔で答える。

「……一応、挟んでおいて。後から客が取り返しに来たら、返す。来ないだろうけど」

承知して、本の最初のほうへ挟み、読書を再開した。

読み終えたのが午前一時過ぎ。

中河内はゲームの途中で寝落ちしていた。起こして、コンビニへ行く。

夜食と飲み物を購入してから玄関に入ると、丁度二階から中河内の母親が降りてくるところだった。こちらを捉える視線がやけに硬い。

「……ああ、やっぱり、いなかったのね」

「やっぱり？　いなかった？　何？」

中河内が母親の言葉に疑問を投げかけた。

「うん……さっきから二階でドタバタ走り回る音が聞こえたのよ」

息子達へ下から静かにしろと注意しても返事がないし、音も止まない。

父親は夕方から買い付け旅行へ出かけている。仕方なく母親は叱りに二階へ上がった。

息子の部屋の前に来たが、喧《やかま》しさは続いている。

強めにノックした途端、上から大音響が轟いた。

何かが天井を突き破ったような、強い振動を伴うものだ。

しんと静まりかえる。中を確認すると誰もいないし、天井板に穴も開いていない。

外を確認するために階段を下りてきたら、息子達が丁度戻ってきたところだった。

「やっぱり、変なことだったのね」

母親はげんなりした顔を見せて、寝室へ戻っていった。

二人は二階へ上がる。戸を閉め、中河内が口を開いた。

「お袋もね、何やら色々見たり、感じたりしているんだよねぇ。でも、古書店をやればこういうこともある、って諦めているところがあるんだろう」

「でもさ、他の古書店でも、こんなことあるの？」

こちらからの問いに、中河内は知らん、と答えた。

定位置に座り込んだとき、彼が訝しげな声を上げる。

「おい。色々動いているぞ」

ゲームのコントローラは裏返しになって、テレビの横に転がっている。

読んでいる途中の漫画の山が崩れており、雪崩を起こしていた。

他、部屋全体に誰かが走り回ったような雰囲気が残っていた。

片付けながら、中河内が疑問形でこんなことを言う。

「……あれかな。鬼？　の絵。あれが原因、とか？」

そうかもしれない。問題の本からわら半紙を取り出す。

広げてみて、あっと声が出た。

鬼の数が明らかに減っていた。

元が六人いたはずだが、今は四人になっていた。

「……棄てるか」

中河内はわら半紙を手に、そのまま外へ出ていった。

少ししてから戻ってきたのでどうしたのか訊ねる。

「ああ、さっきのコンビニのゴミ箱にね」

それからひと月経たずに、中河内の古書店周辺で不審火があった。

続いて、暴行事件も起こった。

被害者は通りすがりの男から殴られた上、傘の先端で眼球を突かれたという。犯人は捕まっていない。殴られた側が酔っ払いだったから、相手をよく覚えていなかったらしい。

その後、わら半紙を棄てたコンビニは店主が突然自殺をして、閉店した。


それからも中河内との付き合いは続いた。

普通に部屋へ行き、そこで過ごす。やはり少しおかしなことはあったけれど、耐えられないことはなかったし、何しろ居心地が良かった。

だが、しかし——確か、高校を卒業する少し前のことだったと思う。

いつものように彼の部屋でゲームか何かをしていた。

「うちの親父が変になった」

何の脈絡もなく、中河内がこんなことを呟いた。

変になった？　お父さんが？　どういう意味合いなのか、訊ねる。

「二カ月くらい前、古書の買い付けから帰ってきた。それからおかしい」

彼の父親は、ある一冊の本を常に肌身離さず持つようになった。

理由は言わない。稀覯本なのかと探りを入れても答えはいつも同じ。

「お前には関係ない」

母親にも同じ調子で答えるので喧嘩も増えたが、お互い言ってはいけないようなセリフが増えたような気がする。出ていけ、だの、顔を見たくない、だの、死んでしまえ、だの。

これまで幾ら言い争いをしても父親も母親もそんなセリフを吐くことはなかった。

「親父はまるで人が違ってしまったようだ」

中河内が眉を顰める。掛ける言葉が出てこない。

「ま、あんまり親父がおかしなことをし始めたら、俺が止めるよ」

中河内は笑った。無理をしたような笑顔だと思った。


そして、高校を卒業した実川さんは地元の大学へ進んだ。

中河内も地元の大学だが別の学校だった。

何かと忙しい日々が過ぎ、漸く落ち着いたのが夏休み前だ。

その間、中河内と全く会っていない。周りを取り巻く環境が変わり、新たな場所で人間関係を構築することに一生懸命だったのだ。

もちろんメールや電話で近況報告くらいのやりとりはたまにした。

彼の父親のことも気になっていたが、聞けなかったのが実状である。

向こうも何も話さなかったから、特に問題はないのだと自分を信じ込ませた。

しかし、盆が過ぎた頃だ。夜、中河内からメールが入った。

『今日、暇か？　会えるか？』

すぐに大丈夫だと返信する。折り返すように今度は電話が掛かってきた。

『実川。久しぶり』

無沙汰を詫びながら、彼の家へ向かうと告げるが返事が重い。

『……今日は、お前の家の近くにしよう。あのバーガー屋に行くわ』

どういう風の吹き回しだろう。兎も角、待ち合わせ場所へ向かう。

少しだけ遅れて中河内がやってきた。

服の趣味が少し変わった気がするが、他は前と同じだった。

注文を受け取り、席を探す。彼は一番奥がいいと歩いていった。

「いや、あんまり人に聞かれたくない話だから」

一体何だろう。

「それなら、中河内の家でよかったんじゃないの？」

「いや、それは駄目だ。ほら、親父とかに聞かれるから」

ああ、親には聞かれたくない話なのかと得心がいく。

「どうした？　親に知られたくない相談か？」

軽口を叩くと、中河内は重い口調で返してきた。

「……いや。うちの親父、拙《まず》いことになっているとしか思えない」

やはりあれ、続いていたのかと返せば、頷いた。

「うん。実はなぁ」


中河内が大学に入ってからも、父親の様子はおかしいままだった。

時々、人の目を避けるように何処かへ出かけることも増えた。

一瞬、外に女でもいるのではないかという疑いが頭を擡《もた》げる。

しかし尻尾が掴めない。数回、尾行をしたこともあるが撒かれた。どうも息子が後を追ってきたことを察知したようだった。

父親の行動の真意を掴めないまま、日数だけが過ぎていく。

その間、母親がやたらと怪我をするようになった。

特に、首筋と背中が多い。

棚から落ちてきた本が首に当たり、酷い痣になった。

次に積んでいた段ボールが背中に崩れ落ち、痛みが引かない日々が続く。

それが原因だろうか。両方の肩甲骨の内側が腫れ、常に激痛が走る状態に陥った。痛みは首の付け根から身体の前方まで広がってきて、手足を動かすにも難儀をし始める。呼吸も浅くしかできないのだと言い、常に顔色が悪くなった。

夜中に母親の呻き声を耳にしたこともある。

その頃には母親は父親とは別の部屋で寝るようになっており、リビング脇の和室を寝室としていた。行って襖越しに声を掛けるが、返事がない。呻き声だけが続く。

厭な予感がする。そっと開けて中の様子を窺った。

思わずギョッとしてしまう。

常夜灯の下、母親がおかしな格好をしていたからだ。

敷き布団の中央、仰向けで万歳をしたような形のまま、顔はあちら側、上半身はこちら側、下半身はあちら側へ向き、全身が捻れるような姿で唸っている。

全く違うのだが、何となく、映画『エクソシスト』を思い出してしまった。

周りを見れば、蹴り飛ばしたのか掛け布団が部屋の奥にある。

一度起こして布団を掛け直すべきだろう。

掛け布団を拾ったとき、母親の顔が目に入る。

半分ほど開いた瞼《まぶた》の奥、豆電球の光のせいか眼球がぬらっと光っていた。

起きているのかと再び声を掛けた。しかし返ってくるのは唸り声のみ。

そこで初めて気が付いた。

今、母親は背中などの痛みで身体を捻ることなど、全くできない。

だとすれば、この状態はかなり拙いはずだ。もしかしたら筋肉の引き攣れでも起きているのではないか。慌てて駆け寄り、母親を起こした。しかし唸り声を上げるだけだ。

何度も声を掛け、身体の捻れを元へ戻そうと努力する。

四苦八苦する中、出入り口のところへ父親が立っているのが視界の端に見えた。

親父も助けてくれよと声を掛けかけたとき、はっと気付く。

今日、父親はいなかった。古書の買い付けで、北海道へ行っているはずだった。

こちらが気付いたせいかどうかは知らないが、父親はすーっと戸の影へ消えていく。

その瞬間、母親の口から大きな溜め息のようなものが漏れたのが聞こえた。

見れば、身体の捻れは収まっており、唸りも止んでいた。

比較的穏やかな寝息に変化したので布団を掛け、廊下へ出た。

やはり父親の姿は何処にもなかった。

「こういうことがあってな」

中河内は身振り手振りを交えながら、母親のことを話してくれた。

状況がパッと頭に浮かぶような細かい説明と相まって、臨場感がある。ありすぎる。

絶句するほかない。黙り込んでいると、彼は再び口を開いた。

「その後にな」

母親の異変から間もない時期だ。

中河内が部屋で映画を見ていると、父親が入ってきた。

横に座ると、何も話さず、じっと画面を見つめている。

用があるのかと問うが答えがない。父親の胸に本が抱かれていた。

ちらと盗み見る。

本は青い布貼り製本で、古く、少し分厚いもの。しかし背表紙には何も書かれていない。

父親が肌身離さず持っている、いつもの本だった。

視線に反応したのだろうか。父親はそっと本を開き、ある頁をこちらへ向ける。

黄ばんだ頁に図版があった。

モノクロの写真で、ひっつめ髪をした女性の立ち姿だ。

和服だが、生活感が溢れている。

足元は裸足。手には手折られた枝の束のようなものが握られていた。

全体的に見て、ただ佇んでいる、そんな雰囲気だ。

ただし、顔は異様なほど整っている。

平成時代ではあまり見ない品の良さ、と言えばいいのか。

しかし何となくだが、背筋が冷たくなる感覚を覚える。

黙っていると父親は本を閉じ、部屋から出ていった。


「なあ、訳が分からないだろう？」

中河内の言う通りだ。確かにそう思う。

彼の父親にも、母親にも、何かが起こっているとしか考えられない。

どうすればいいかと訊かれたが、具体案は出てこない。一つだけ言えたのは「家族でお祓いへ行け」ということだけだ。

この答えに中河内が寂しそうに笑ったことを覚えている。


それから数カ月が過ぎ、冬が訪れた。

あの日以来、再び往来が途絶えていた中河内から、久しぶりに連絡があった。

『母親が死んだ』

青天の霹靂《へきれき》だった。

通夜へ駆けつけると、中河内が教えてくれた。

「お袋、自殺だったんだ。家の中で。本の段ボールを踏み台にして、首吊って」

周りの人に聞こえないような小さな声だった。

彼の父親の姿を探す。いない。何処にいるのか訊く。

「ああ、親父は少し前に出ていっちゃってね。携帯も解約しているし。行方知れずだ」

通夜は母親の親族が仕切っているようだった。

憔悴《しょうすい》した中河内が、足元の紙袋から一冊の本を取り出した。

青い布張り製本の、古そうな書籍だ。

「これ。親父が肌身離さず持っていた奴。でも、出ていくとき、置いていった」

開いてみろと、彼がこちらに手渡してくる。

中身は旧仮名遣い、旧漢字でさっと読み下せない。

奥付は昭和十年代で、検印がきちんと捺してある。ただし、出版社名がない。

そして、幾ら探しても話に聞いていた和装の女性の頁がなかった。

「うん。ないんだ。親父が千切り取ったのかと思ったけど、頁は揃っている」

おかしな話だなあ、ああ、厭だなあと中河内は少し大きな声を出した。

通夜と葬儀が終わり、半年が過ぎた辺りだ。

大学を辞めたと中河内から電話があった。

古書店も畳み、残っていた本は全て売り払ったらしい。

ある程度纏まった金になったので、それを使って何処かへ引っ越すのだと言う。

「なら、落ち着いたら連絡をくれよ」

『うん。多分、俺、奄美か沖縄に行くと思う』

しかし、いつまで経っても彼から連絡が入らない。

こちらから携帯電話やメールを送るが返信がない。そのうち、メールエラーが出始め、電話も通じなくなった。


実川さんは現在三十二歳。ある化学工場の営業部門にいる。

関東勤務だが、日本中を飛び回ることが多い。

令和に入ってから、北陸のある地域へ出張に出かけたことがある。

そこで、中河内と偶然再会した。

駅前で時間調整しているとき、駅構内から出てきた彼を発見したのだ。

少しだけ老けたかなという程度で、あの頃からあまり変わっていない。だから気付けた。

声を掛けると、向こうも驚いた様子だ。

時間に余裕があったので、近くのコーヒースタンドに誘う。

訊けば、彼は今ここに住んでいる訳ではないらしい。中国地方にいると言う。

仕事は、小さなデザイン事務所を経営する弱小社長だ、と名刺をくれた。

名前が違う。中河内ではなく、楡《にれ》という一文字の苗字に、違う名が付いていた。

「偽名というか、仕事ネームだよ」

仕事ネーム。ペンネームのようなものだろうか？　訳の分からない説明だ。

プライベートの携帯の番号を書き込み、実川さんも名刺を渡す。いつでもいいから連絡をくれと念を押すが、何故か反応がよくない。

会話が滞ったとき、中河内がスマートフォンを弄《いじ》りだす。

考えてみれば、会ったときからずっと左手に握りしめていた。

何度かタップをした後、画面をこちらへ向ける。

「ほら。これ、俺と家族。嫁さんと息子。三歳になった」

疑問符が頭に浮かんだ。

彼どころか、妻も息子も映っていない。

そこには小学校低学年くらいの少女が一人佇んでいる画像があった。

パーカーにジーンズ、肩までの髪で、視線を向かって左側へ向けている。

可愛らしい顔だが、中河内には似ていない。

薪にするのだろうか、その手には木の枝の束が握られていた。

急に昔聞いた〈中河内の父親が持ち歩いていた本の写真〉のことが頭を掠める。

あの写真の女性も、手折られた枝の束を持っていたはずだ。

(待て。これは現代の写真だ。関係ない)

気を取り直し、実川さんは中河内に疑問をぶつける。

「これ、娘さんだろ？　息子さんでも嫁さんでもないぞ。というか、娘もいたの？」

この指摘に彼はスマートフォンを自分に向け、そして首を捻った。

「いや、嫁さんと息子だよ。三人家族だし」

もう一度見せられた画面には、やはりさっきの少女しかいない。

「俺には、小学生くらいの女の子が一人しか見えないがなぁ。枝の束を持った」

説明する内、中河内の顔色がさっと変わる。

その瞬間、突き出したままの彼のスマートフォンが、着信モードになった。

中河内は慌てたように外へ行き、何か話し出す。

一瞬だけ見えた通話相手の名は〈○○海岸〉。
○○は読み取れなかったが、海岸という文字だけがはっきりと認識できた。
一体どういう意図でそのような名前で登録しているのか。仕事先絡みか、案件絡みか。

どちらかだろうが、気になる。

少し長引いた通話が終わり、中河内が戻ってきた。その表情に焦燥が浮かんでいる。

色々訊ねる前に、彼は帰り支度を始めた。

「今日は忙しくなった。また今度連絡する。これ、読んでくれ」

そう言って、一冊の文庫本と三千円を置いて店を出ていった。

文庫本はベストセラーのものだったが、何故か中の数頁と奥付が切り取られている。

また、途中に一枚の領収書が挟んであった。

北海道で切られたもので、日付は数日前になっている。

そして、三枚の千円札は何故かとても湿っていた。


今も中河内から連絡はない。

貰った名刺の電話番号やメールアドレスへ連絡を入れたが、使われていないものだった。

だから、彼が今、どうなっているのか実川さんが知る由もない。

そして、全ての出来事の因果関係を論じる方法も、持たない。

ただ、古書店二階のあの部屋で、楽しく過ごした過去を思い出す。

その穏やかで居心地の良かった、本に囲まれたあの部屋のことを――。

新品に近い古本

平成の初め、東京都在住の女性、江古田さんが二十歳の大学生だった頃の話である。

ノーベル文学賞を受賞した海外の某作家のファンになった彼女は、その小説を一作でも多く読みたいと思うようになり、翻訳本を探したが、手に入れやすい文庫本は数冊しか出ていなかった。複雑なストーリーを難解な文章で描く長編小説が多いので、当時の日本ではあまり売れていなかったらしい。

そこで神田神保町の古本街を物色して回ったところ、ケース入り、ハードカバーの全集本が何冊かばら売りされているのを発見した。金額も高くはない。江古田さんは喜んで購入した。その一冊の表紙を開いてみると、見返し（遊び紙）に万年筆で文字が記されていた。

『博康へ。S62　クリスマスイブに。父より』

どうやら、昭和六十二年に父親が息子へ、クリスマスプレゼントとして贈った本だったらしい。頁を捲ってみると、新品かと思うほど綺麗で、折れ目一つなかった。殆ど読まれた形跡がない。江古田さんは、

（このお父さんは、きっと私と同じ、この作家のファンなのね。息子さんは多分、高校生か、大学一年生ぐらいかな……）

と、想像を巡らせた。

(お父さんは息子さんにも、この小説の素晴らしさを知ってもらいたい、と思って買い与えたんだろうな。でも、息子さんは、「何だよ、こんな面倒な話、面白くもねえ」と、ろくに読みもしないで、お父さんに内緒で古本屋に売っちゃったんだろうな……)

江古田さんは同好の士らしき〈父親〉のほうに親しみを覚えたのと同時に、些《いささ》か気の毒に思った。その夜から、彼女は自宅の机の前に座って、その本を読み始めた。ストーリーは、貧乏で素行が悪い一族の長男が、要領よく立ち回って社会的な地位を得つつ、一族を繁栄させてゆく過程を描いたものである。

五十頁ほど読んだ頃、江古田さんは頁と頁の間にある〈のど〉と呼ばれる部分に髪の毛が挟まっていることに気付いた。長さ十センチ程度の、細めの白髪が一本。

(あれ? 新品みたいな本なのに、何で髪の毛が……)

江古田さんは少し不快に思いながら、白髪を指でつまんでゴミ箱に捨てた。その次の頁を捲ると、同じく〈のど〉に二本目の白髪が挟まっていた。

江古田さんは嫌な予感を覚えた。以前に同じ大学の男子学生から、

「図書館で借りてきた本を読んでいたら、長い髪の毛が挟まっていたことがあったんだ。頁を捲るごとに一本ずつ入っていて、全部で五十本ぐらいの髪の毛をゴミ箱に捨てたんだよ。だけど、次の日に続きを読もうとして本を開いたら、昨日髪の毛を捨てた記憶がある

頁に、また髪の毛が挟まっていたんだ。気持ち悪かったので、その本は読むのを止めて図書館へ返したよ」

　という話を聞いたことがあったからだ。

　気になって読むのを中断して次の頁を捲ると、やはり〈のど〉に三本目の白髪が挟まっていた。

（嫌だ！　この本、まさか！）

　けれども、次の頁以降には何も挟まっておらず、また綺麗な本になっていた。江古田さんは安堵の溜め息を吐き、読書を続けた。暫くして、目が疲れてきたので今夜は読書を切り上げようと思い、本から顔を上げたところ――。

　部屋の隅に初老の男が立っていた。身長は一七五センチ程度で中肉、グレーのセーターを着て、紺色のスラックスを穿いている。年の頃は五十歳くらいで、頭髪が真っ白な男であった。江古田さんは驚いて身動きができなくなってしまった。しかし、初老の男は無表情な顔をこちらに向けていたが、不意に歩き出すと、壁を突き抜けていなくなった。

　江古田さんは当時、ワンルームのアパートで独り暮らしをしていたので、その夜は気になって一睡もできなかったという。部屋の電気を点けたままにして、朝までやり過ごした。

　翌日、不安な気持ちを抱えたまま、例の本を開いてみた。

（昨日の頁にまた髪の毛が挟まっていたら、嫌だなぁ）

不安な気持ちで頁を捲ってみたが、〈のど〉に白髪が挟まっていることはなかった。だが、一時間ほど読書をして、顔を上げると――。

部屋の隅にまたもや昨夜の男が立っていた。昨夜とは異なり、柔和な笑みを浮かべている。男は横を向いて歩き出したかと思うと、白い壁に吸い込まれるかのように消えていった。

江古田さんは少し経ってから席を立ち、男が姿を消した壁に手を当ててみた。しかし、手が中に吸い込まれるはずもなく、固い壁があるだけである。

江古田さんは恐怖を感じ、電気を点けたままにして、眠ろうとした。男が何かをしてきた訳ではないが、いないはずのものが部屋に突然現れればどきりとさせられるし、嫌な気分にもなる。ただ、この夜の彼女は前夜全く眠れなかったので疲れていたせいか、ベッドに横たわっているうちに、いつしか眠っていた。

すると、夢に広い部屋が出てきたという。傾斜が設けられ、段々になっていて、長机が並んでいる。大学の教室らしい。教壇にはあの男が立っていた。男は青のスーツに白いワイシャツを着ていたが、ネクタイは締めていなかった。身振り手振りを交えて熱弁を振るっている。何を話しているのか、内容は全く聞き取れないが、声が聞こえてきた。

(大学の教授か、講師なのかしら?)

男は時折こちらに背を向けては、黒板にチョークで文字を書いていた。受講している学生は大勢いて、教室は満席になっていた。かなり人気のある講義らしい。

江古田さんはそこで目が覚めた。男が部屋の何処かにいるのではないか、と室内を見回したが、彼女の他には誰もいなかった。

それ以来、江古田さんは男のことを便宜上、〈教授〉と呼ぶことにした。ところが、その後暫くの間、〈教授〉が現れることはなかった。

代わりに私服姿の大人しそうな青年が部屋に現れるようになった。やはり江古田さんが例の小説を読んでいて、ふと顔を上げたときに部屋の隅に現れたのである。年の頃は十代後半くらいで、髪が黒く、眼鏡を掛けている点が異なるが、例の男と顔や背格好がよく似ている。その姿は十秒ほどで消えてしまった。

（もしかして、〈教授〉の息子なのかな？）

と、江古田さんは推測した。

青年は父親と思しき〈教授〉とは異なり、いつも暗く沈んだ顔をしていた。

（この本が原因なのかしら？）

江古田さんは初めのうちこそ薄気味悪く思っていたが、次第に慣れて恐怖を感じなくなったという。〈教授親子〉が攻撃的でないこともあったそうだ。そのため、彼女は何とか例の小説本を読み続けていた。長くてなかなか読み切れなかったのである。

そんなある夜、夢の中に〈教授〉が久々に現れた。満面の笑みを浮かべて、息子の肩を軽く叩き、声を掛けている。何か大きな失敗をして落ち込んでいる息子を励ましているのだろうか。その後クリスマスツリーが飾られた部屋で、江古田さんが手に入れた小説本を〈教授〉が息子に手渡す光景も見られた。

翌日。江古田さんは大学の授業が終わってからアルバイトに行き、午後十時頃にアパートへ帰ってきた。玄関のドアを開けた、次の瞬間――。

彼女は悲鳴を上げて腰を抜かし、その場に座り込んでしまった。部屋の中に人影が見える。

〈教授の息子〉がロープで首を吊っていた。苦しいのか、死後硬直か、激しく手足をばたつかせている。両足が何度も宙を蹴っていたが、じきにぐったりとして動かなくなった。

ワンルームのこの部屋には、太い釘やフックでも打ち込まない限り、ロープを掛けられる場所はない。にも拘わらず、何もない真っ白な天井からロープが張られ、〈教授の息子〉の身体がぶら下がっているのだ。そして江古田さんの脳内に、言葉が次々に飛び込んできた。

「僕は、お父さんのようには、なれない。あんなエリートに、僕はなれない。僕は大学受験に失敗した、駄目人間だから――」

それは〈教授の息子〉の無念の思いが心に侵入してきた、としか思えなかったという。

やがて彼と縄は一瞬にして消え失せた。

衝撃を受けて玄関の床に座り込んでいた江古田さんは、身体を動かすことができるようになると、財布と電車の定期券だけを持って部屋から逃げ出した。当時は携帯電話が普及しておらず、電話ボックスが数多く存在していた。彼女はそこから同じ大学の女友達に電話を掛け、事情を伝えて「お願い！　泊まらせて！」と頼み込んだ。

翌朝、その友達に付き添ってもらい、江古田さんは一旦アパートへ戻った。

「この本なんだけど……」

小説本を友達に手渡す。

「どれどれ」友達はそれまで半信半疑だったようで、苦笑いを浮かべていたが、頁を捲るうちに顔から見る間に血の気が引いていった。

「ねえ……。白髪が挟まっていたのを捨てた、って言ってたわよね？」

「うん」

「……じゃあ、これは……？」

女友達が開いた小説本をこちらに向ける。その〈のど〉には白髪が一本、挟まっていた。

次の頁も、その次の頁にも――。全ての頁に白髪が挟まっているらしい。らしい、というのは、途中で嫌になって確認するのを止めたからだ。

二人は白髪を処分することなく小説本を持ってアパートを出ると、近所の古本屋へ駆け込んだ。年配の店主から、極めて安い金額を提示されたものの、江古田さんは構わず売り払った。それから授業に出るため、大学へ向かったのだが、電車に乗っていた彼女の脳裏に、ふとある光景が浮かんできた。

〈教授〉が他の数多くの本と一緒に、先程の小説本を売りに古本屋へ入ってゆく。参考書や青少年向けの漫画本もあった。どうやら息子の蔵書らしい。〈教授〉は目を赤く腫らし、これまでとは異なる陰鬱《いんうつ》な表情を浮かべていた。一連の光景はそこで消滅したという。

江古田さんはアパートも引き払ってしまいたかったが、引っ越しに掛かる労力や費用を考えると、今すぐに、という訳にはいかなかった。そうかといって、とても気味が悪くて独りでは住んでいられないので、学友達に事情を話し、部屋に呼んで何日か泊まってもらうことにした。嫌がる者が多かったが、中には「幽霊を見てみたい」という物好きもいたので、二人の女友達に代わる代わる泊まってもらった。しかし、それきり部屋に〈教授〉もその〈息子〉も現れることはなかったそうである。

しおり

玉木さんは、今年還暦を迎えた紳士である。

趣味は読書。ジャンルは問わない。古書店巡りをこよなく愛する。朝から出かけ、夕方近くまで店に入り浸る。食事すら忘れるほどだという。

とある週末、玉木さんは古書店にいた。

何度か購入したことのある店だ。寡黙な店主に軽く会釈し、棚を見ていく。目に付いた本を何冊か購入し、近くの喫茶店に入った。

買ったばかりの本を袋から出して積んでいく。選んでいるときには気付かなかったのだが、そのうちの一冊に栞が挟んであるらしく、僅かに隙間がある。

手にとって分かった。栞ではなく写真だ。四人家族が写っている。

小学生らしき男の子、セーラー服を着た女の子、母親は和服、父親は黒いスーツである。

自宅の玄関前で撮影したものらしい。

とりわけ容姿が優れているでもなく、さりとて劣っているでもなく、平均的な家族だ。

写真を挟んだのを忘れて処分したのだろう。捨ててしまうのも悪い気がして、玉木さんは写真を栞として使うことにした。

こういうのも古本の良いところだな、などと呟きながら袋に戻す。

午後も幾つかの店を回り、帰宅したときにはすっかり夜になっていた。

その日の戦利品を机に積み、腰を据えて読み始める。最初に手に取ったのは、あの写真が挟まっていた本だ。

何とはなしに、じっくりと写真を見てみた。考えてみれば、見知らぬ家族の写真を持っているのもおかしなものだ。申し訳ないとは思いつつ、破って捨てた。

次の週末。

例によって玉木さんは古書店巡りに出かけた。大量に購入した古本を下げ、いつもの喫茶店のいつもの席に陣取る。本来なら至福のときなのだが、思いがけない邪魔が入った。

とある時代小説に挟まっていた栞である。見付けた瞬間、玉木さんは我が目を疑った。

破って捨てたあの写真である。写っている家族も同じだ。撮影場所も同じ玄関の前である。

ただ、何もかも一緒という訳ではない。男の子は明らかに成長しているし、女の子もセーラー服ではなく、ブレザータイプの制服になっている。

母親も父親も、やや老けたように見える。いずれにせよ、有り得ないことだ。

同じ人が持ち込んだ可能性もあるが、それを買ってしまう確率は殆どゼロではないだろうか。買った店も違うし、シリーズ物の本でもない。全く違うジャンルである。

そもそもの疑問として、選んでいる時点では存在しなかったはずなのだ。

玉木さんは暫く迷った後、その写真を駅のゴミ箱に捨てた。自宅に持ち帰る気にはなれない。落ち着かない気持ちのまま、その日の古書店巡りを切り上げた。

翌週は急な仕事が入ったおかげで、古書店巡りは休止。月末を迎え、玉木さんは勇んで古書店街に向かった。

さて、どの店から始めようか。逸る気持ちを抑え、手近の店に入る。

まずは軽く見渡し、狙いを定めた棚の端から順に調べていく。

三冊目を開いた瞬間、玉木さんは思わず声を上げてしまった。

あの写真が入っていたのだ。

間違いなく同じ家族だが、様子がかなり変わっていた。

母親が口を大きく開けている。欠伸《あくび》の途中かと思ったが、母親は目を大きく見開いている。目を見開いたまま、欠伸できる人などいない。表情から察するに、何か叫んでいるようにしか見えなかった。

それなのに父親も子供達も笑顔だ。違和感どころではない。異様な光景であった。

「どうかされましたか」

店の主人に声を掛けられ、玉木さんは慌てて誤魔化した。

「探していた本を見付けたもので」

そう答えながら、写真が入っていた本を慎重に棚に戻す。それ以外の本を購入し、玉木さんは店を出た。

一体何が起こっているのか。流石に三度続くと偶然とは思えない。

得体の知れない不安に包まれ、帰ってしまうことも考えたが、それも何か悔しい。

玉木さんは自らを奮い立たせ、次の店に向かった。目ぼしい本を見付け、また次の店へ向かう。全ての店で、念入りに中身を調べた結果、写真は入っていなかった。

いつも通りに購入し、いつも通りの喫茶店で休憩開始。

まずまずの戦果だな等と呟きながら、再度調べていく。

大丈夫、あんなに念入りに調べたんだから。

その呟きを嘲笑うかのように、古い伝記から写真が現れた。確認するまでもない。あの家族だ。先程見付けたものとは、また違う写真である。

母親の姿はなかった。父親と子供達だけが写っている。全員が大きく口を開けていた。

その後も写真は現れている。

古書店巡りを止めれば良いだけなのだが、玉木さんにとってそれは納得できない解決方法である。

写真の家族は徐々におかしくなっているらしい。
母親はいなくなった訳ではなく、時折一緒に写っている。
最近では有り得ないほど痩せ、右目が潰れていたという。

同人誌

古本屋を経営している峰さんが、そういえば不思議な本を売りに持ち込んだお客さんがいたぞと教えてくれた。

ある年の年末、買い取りを希望する男性が、紙袋いっぱいの本を持ち込んだ。

年齢は二十代後半。持ち込んだ中身の殆どは漫画本と文庫本。あと数冊がハードカバーの単行本。そしてそれらの本に混じるようにして、平綴《と》じの薄い同人誌が混ざっていた。

引き取ろうかどうしようか迷いながら、その本の頁をパラパラと捲っていく。細かく文章を読んでいる訳ではないが、どうやら中身は推理小説らしい。

しかし本を最後まで捲ると、最後の数頁が破られていた。こうなると破損本となる。売り物にもならないため、買い取る訳にはいかない。

だが、峰さんは何故破られているのか興味を抱いた。

査定を終えて、持ち込んだ男性をカウンターに呼んだ。

「買い取りは全部で四十二冊で三千円になりますが、この本は自費出版の同人誌ですよね。残念ながら買い取ることはできません。特に最後のほうの頁が破損していますしね」

「どうしてもダメですか」

男性は失望したような顔を見せたが、免許証を出して三千円を受け取った。

不要なら持って帰って資源回収にでも出せば良いではないか。峰さんはそう思ったが、男性はどうしても買い取ってほしい。値段は付かなくても良い、むしろ引き取ってくれたなら、今回の買い取り分の金額は不要だとまで言い出した。

「そう言われてもね、決まりは決まりなんで、ダメなんですよ」

男性は、どうしても手放したいので、こちらで破棄してもらうとか、そういうことはできませんかと繰り返した。

何が彼をここまで頑なにさせるのだろう。一体どんな事情があるというのか。

丁度客も来ない時間帯だ。とりあえず事情を聞くのも面白そうだ。場合によっては値段を付けないまま引き取って、こちらで破棄してもどうということはない。

峰さんは男性に事情を話していただけますかと声を掛けた。

最初は戸惑っていたようだったが、男性はぽつぽつと事情を話し始めた。

この本は、男性の属していた大学の文芸サークルで、卒業記念のために出版されたものだということ、この一冊以外には最大でも五冊しかないこと、そして、この本が呪われているということ――。

「呪われているとはどういうことですか」

「言ったままの意味です。このままだと僕の大事な人が死ぬかもしれないんです」

もう卒業してから数年経っているが、その年度の卒業生は男性五人、女性一人の六人だった。例年卒業記念作品集はテーマを決めて書くという競作集のはずだったが、その年は卒業生六人の希望で、リレー小説を書くことに決定した。内容はエンターテインメントにしようというので、サスペンス要素の強い推理小説と決まった。作品名は〈箱屋敷〉といい、連続殺人事件を探偵が解決する形式だという。

登場人物の名前は卒業生達の名前と同じものにした。ただの遊び心である。くじを引き、男性が探偵役になった。他の五人は被害者と犯人役に割り振られた。紅一点の女性は、当時から男性と付き合っていた。それを仲間から揶揄された結果、遊び心で彼女が犯人役に割り振られた。どうやら彼女もそれを嫌がる気配はなかった。

卒業した翌年から何かがおかしくなった。毎年一人ずつ、〈箱屋敷〉を書いた同期が亡くなり始めたのだ。

最初の二人は飛び降りと首吊りによる自殺だった。

作品の中で、彼らは自殺に見せかけるようにして殺される被害者役だった。その方法がそれぞれ飛び降りと首吊りによるもの。つまり二人の死因と同じだった。

「これだけなら、ただの偶然だと思うんです」

ここまで説明した後で、彼は本を捲ると、峰さんに見せた。

「ここもここも、黒塗りになっているじゃないですか。本当はその二人の名前が書かれてたんです」

確かに指された箇所は、黒く塗り潰されている。

「これ、最初からこうじゃなかったんですか」

「僕の彼女の本は、こうはなっていないんです。僕の本だけがおかしいんです」

彼はもう一箇所広げてみせた。そこには人名が書かれていたが、色が薄かった。まるで網掛けで印刷してあるようだった。

「この一人は、病院で昏睡《こんすい》状態のまま意識が戻っていないんです」

小説の中では、犯人の顔を目撃するも、刺されて意識不明となってしまうという。

そして彼は去年の夏に、酔った挙げ句に路上で喧嘩となって刺された。病院に緊急搬送されたが、今も意識不明で、刺した犯人も見つかっていない。

「もう、こうなると偶然とは思えないんですよ」

登場人物の残りは三人。探偵役の自分と、犯人役の彼女と、もう一人。

〈箱屋敷〉の最終シーンでは、探偵が生き残っている男女二人を並べ、犯人を指摘するシーンが描かれているという。そして犯人の女性は、自身の犯行を暴かれた直後に命を絶つことになっている。

犯人役は今も付き合っている大切な彼女である。ゆくゆくは結婚しようとも思っている。しかし、このままでは今年は自分の彼女が死ぬかもしれない。彼は彼女を犯人役にした自分を呪った。


ある日、彼は作品が完結しなければ良いのではないかと、〈箱屋敷〉の最後の章が書かれている数頁を破り取った。

すると、今のところ、彼女は死なずに済んでいる。

ただ、破り捨てたはずの頁が、復活することがある。

なので、毎日その本の最後の頁を確認し、もし復活していたら破り捨てるのだという。

こんなに何度も破らないといけない生活に、今はノイローゼのようになっているのだと男性は訴えた。

「いつの間にか頁が元に戻ってしまうのなら、丸ごと焼いたりしたらどうなんですか」

峰さんがそう指摘すると、彼は首を振った。

本を丸ごと燃やしたり、シュレッダーに掛けたり、資源ゴミに出したりもしたが、いつの間にか本棚に戻っているのだという。

「だから、今度は古本屋に売って、所有権を放棄したかったんです」

なるほど、彼は実験の一環として、この本を売ろうとしているのだ。

きっとこの店で買い取ったとしても、彼の本棚に戻ってしまうのだろう。

「――この本を、お店で引き取っていただけますか」

再度訊ねる男性に、峰さんは困ったような顔を見せた。

「事情を聞かせてくれて、どうもありがとうございました。でも――」

決まり事なので、今回はお引き取りいただけますか。

そう告げると、男性は肩を落とし、本を手にそのまま去っていった。それ以来、彼が峰さんの店を訪れたことはない。

私家版

「我が家に伝わる——っていうと嘘になるんですが、まぁ、伝えられたというか、押し付けられたというか——」

奇妙な話である。

一冊の本があった。祖父が、懇意にしていた隣家から押し付けられたものだ。

ほんの七十頁。

詩集であった。

西條八十、野口雨情、その他著名な詩人の作品を集めたものだ。

「僕はパラパラ捲っただけなんですけど、変わったところでは、頭から藤村操の『巌頭之感《がんとうのかん》』なんで、それが滅茶苦茶印象に残ってるんですよね」

祖父曰く「煩悶記《はんもんき》」を念頭に置いたのだそうだ。

その意を、当時の嘉門さんには汲めなかった。以下の話の大部分は、彼の父から伝え聞いたところによる。

祖父と隣人を中心に好事家が集い、私家版の詩集を編纂《へんさん》した。

本好きが高じたものだとして、そこからどういう流れで詩集を編む決意に至ったものか、今となっては分からない。

出版は難航したという。

編集一つとっても今のようにＤＴＰのソフトウェア上で完結しない。ノウハウも簡単には手に入らない。当初の仲間は抜けてゆき、資金も減り、権利処理などもなく、印刷所からも難色を示された。

祖父も途中で諦め、すっかり忘れていた。

話題にも殆ど上らなくなって数年後の、ある台風の晩、突然隣家の主人が訪ねてきた。それが今から三十年も前のことだ。

当時の年齢では、祖父も六十半ばに差し掛かろうとしていた。

『これを預かってくれ』

完全に頓挫したと思われた、あの詩集である。

祖父の記憶では、版型を合わせた台紙に他の出版物を切り貼りして並べただけだった代物が、薄いとはいえ一冊の本になって齎された。

「お前、これを、一人で……」

破顔して頁を捲ったその手を、隣人は掴んで止めた。

無言のうちに鬼気迫るものがあった。

彼は何も言わず、台風の中へ走り去った。

翌日までに、隣人は消えたのだという。

家財道具一式を置いて夜逃げしたものか、一晩のうちに隣家の夫婦はいなくなってしまった。

「うちの爺さんは大分気を落として、『老兵は死なずとは言うがなぁ』とよく零してましたが」

隣家には子がなかった。

地権者は別におり、数年で売地になったが買い手が付く様子はない。

祖父の手にはあの詩集が残った。

祖父は何度か開こうとしたが、中程に至るとピタリと手を止めて本を閉じてしまう。

手をパタパタしながら、「今、あいつに手を掴まれた気がしてな。気分が悪《わり》ィや」と吐き捨てる祖父の姿を思い出す。

そもそも読むなと圧されたものである。

理由は分かる。一人で出版に漕ぎつけた隣人から見れば、祖父は裏切り者の一人だ。何らかの事情でこの本を持ち込んだのも、止むに止まれぬ事情があってのことだろう。

　――これを守れ。だが読むな。

　端的に言えばそういうことだ。少なくとも、祖父はそう考えている節があった。

「まぁ、同人誌も珍しくないじゃないですか。ひっそりと爺さんの蔵書に紛れて……暫くはそのまま。でも、父は読んだらしいですよ。僕も、中学のときに読みました」

　嘉門さんが中学三年のとき、祖父が亡くなった。

　夕刻、一階の自室で倒れていたのである。その傍らに、例の本が落ちていた。

　祖父は意識が戻らないまま三日後に亡くなるのだが、その間に嘉門さんは私家版の詩集を読んだ。

「受験も終わって暇だったから。そしたら家に何度か警察が来たんですよ。はっきりと言わないんですけど、何でも爺さんの倒れてた状況に変なところがあったとか」

　直接の死因は脳溢血《いっけつ》で、事件性はない。

　しかし右手に、縛られたような内出血があったのだそうだ。

　単にぶつけた跡ではないが、片手だけ縛るというのも変である。少なくとも、祖父の発見から搬送まで立ち会った嘉門さんは、そんな傷痕にも原因にも心当たりはなかった。

　結局、搬送中に何かがあったかもしれないということで有耶無耶になった。

　しかし、誰も何も言わなかったが――その件はしこりのような沈黙を残した。

倒れる少し前から、祖父の言動には奇妙なことがあったからだ。

「もうすぐあいつが戻ってくる」

祖父は自室から、庭越しに少し離れた隣家を眺めて、そう呟くことがあったのだ。

隣家の土地は数年前に買い取られ、既に別の家が建っている。それを指摘すると、「分かっとる。馬鹿にするな」と怒った。

祖父が倒れたのはその矢先であった。


続けて、隣家でも不幸があった。

亡くなったのは働き盛りの旦那さんで、嘉門さんの家からも人手を出した。

後日、隣の奥さんの訪問を受けた。

「これ、主人がお借りしたものかと」

差し出されたのは酷く傷んだ本であった。

表紙の酷く簡素な厚紙が、薄い背表紙の角から捲れあがっている。

縦書きの掠れた書名――あの私家版の詩集であった。

母はそれを受け取って、祖父の書架に収めようとしたのだが、書架には同じ本が既にあった。

祖父が所蔵していたのは一冊のみ。ならばその本が、どのようなルートで隣家に齎されたのかは謎である。

更にまともな奥付も著者名もないその本が、どうして嘉門家に返されたのかも謎であった。

「戻された本は保存状態が悪くって。大分読み込まれたみたいな感じでした。詩の良し悪しは分かんないんですけど、そんなに繰り返し読むようなものなんですかね」

祖父の所蔵品と並べて置くと違いがよく分かる。

テーブルに置くと、ある頁が浮き上がって、そこが特に開かれていたようだった。

その頁は少し奇妙で、父も首を捻っていた。

元々、著名な詩人の作に混じって、作者不明の短い詩が挿入される構成になっていた。

そうした不詳の作は陰気で、意味の分からないものが多かったが、続けて読んでいくと何か回顧録のようにも思えた。

嘉門さんが覚えているものでは——極彩色の魚を飼って、卵を育てたら汚い鮒《ふな》に育ったので埋めた、とかだ。またこれは、しゃれこうべを持って歩く一連の話だ。頭蓋骨が「寂しい」と泣くが、二つ持って歩けばいがみ合う。三つめが欲しいがそう都合よく見つからない——そういったものだ。

その頁にあったものは、そうした中でも特に不気味なものであった。

落とした骨を拾い集めながら家に戻ると、見知らぬ家族が住んでいるというものだ。恐らくはそういう話である。難解な詩でもないのに意味がはっきりしない。

まるで妄想のようであるが、妙に具体的なところがあった。

骨にはそれぞれに名前が付いていた。個人名のようだが、誰の名かは分からない。少なくとも、嘉門さんが知る名前は一つもなかった。

見開き左側の頁にある別の詩には、「七十三まで生き生きて先なし。長子は五十、孫は二十二」とある。既に家を出ているが、嘉門さんの兄は先日二十二歳になった。父は五十で、祖父は享年七十三歳だった。

これを編んだ隣人には子がなかったと聞く。ならばこれは祖父のことを書いたのではないかと思われたが——当時からして十年近くも前の本だ。

気色悪く思った嘉門さんは、念のため祖父の蔵書の同じ頁を開く。

全く同じ詩がそこにあった。奥付の日付も同じ。

かつてパラパラと捲ったときには、気にも留めなかった詩だったが——。

「『リズムの問題だろ。〝長子は五十、孫は二十二〟——ほら。そんなもん偶然に決まってるだろうが』って、父は取り合わなかったんですが、翌日にはもう不気味さに耐えられなくなったみたいで」

庭に出た父は、二冊の詩集を一斗缶に入れて火を掛けた。

祖父の古いアルバムや、雑誌も一緒に燃やすことにしたらしい。

「本だからな。燃え残るといけない」

そう言って念入りに、かき集めた枯れ枝やら落ち葉を一斗缶に入れると、高々と火の手が上がる。

すると、突然視界の外からカラスが飛び込んできた。

うわっと言う間もなく、カラスが一斗缶に向かって体当たりをし、飛び散った火の粉が父の化繊のセーターに引火する。

火だるまになって転げまわる父に水を掛け、救急車を呼んだ。

「幸いにも火傷は命に関わるほどじゃなくて……部分的には化繊がへばりついてかなり重症だったたんですけど、まぁ不幸中の幸いですね」

救急車には母が付き添った。

一人、家に残された彼は、庭を見てギョッとした。

庭に、燃え残った本と灰、そして消火の跡が残っていた。

風の悪戯か、いずれ偶然であろうが――その形はまるで髑髏《どくろ》と、傍で蹲《うずくま》る人間の形になっていた。

それを境に凶事は止んだという。

フライ

「はっきりいって、この仕事に慣れるってことはないですね」

遺品整理会社で働いている大元さんは、ニートの中年が孤独死したアパートの後片付けをすることになった。

所謂、特殊清掃が必要な案件であった。

駅からは程遠い場所に位置するそこは、築三十年以上は経過している木造アパートである。

その物件に近づくなり、彼は辺りに仄《ほの》かに漂う死臭にすぐさま気が付いた。

「普通はね、仏さんの隣人とかがすぐに気が付くんだけど……」

残念ながら、このアパートには亡くなった彼以外の住人はいなかった。

オーナーさんも長年住んでいた彼が部屋を出たら、すぐにでも建て替えをするといった話であった。

溜まりに溜まった郵便物に不審を抱いた郵便局員によって通報され、そして住人の病死が発覚したのである。

幾ら密閉性の低い木造アパートとはいえ、外にまで臭いが漂っているということは、現場は凄惨を極めているに違いない。

大元さんは同僚とともに扉の前で手を合わせた。

準備していた線香に火を付けて、そして水を供える。

こういったいつものルーティンワークを一通りこなした後で、数匹の蠅《はえ》が付着している部屋の扉をゆっくりと開け放って、室内へと足を踏み入れた。

部屋に入った瞬間、床に転がっているゴミの量に圧倒されてしまった。

殆どがインスタント食品の容器や汚物の類で構成されたそれらは、足の踏み場がない程に床上を埋め尽くしていたのである。

この部屋で生まれ育った数多《あまた》の蠅達が飛び交う中、彼はお目当ての物を見付けて、足場を確認しながらそれに歩み寄っていった。

事前に聞いていた通り、その部屋の住人は黒いパイプベッドの上で亡くなっていた。

警察の捜査が終わった後なので、死体はもちろんこの場にはない。

しかし、パイプベッドの上に敷いてあるマットレスに、人形《ひとがた》のどす黒い染みがはっきりと遺されている。

不幸中の幸いか遺体から滲み出てきた体液等は、比較的厚みのあるマットレスに殆ど吸収されていた。

しかし、若干の体液は床まで浸透しており、畳に厭な染みができている。

三重に掛けたマスクをいとも簡単に突破してくる臭気に耐えながら、大元さんと同僚はテキパキと動き続ける。

視線の端では、同僚が床に散乱しているゴミを手当たり次第にゴミ袋へと入れている。いずれにせよ、遺体の染みだけではなく、こういった散乱したものからも、尋常ではない臭いが発していることに違いはない。

オーナーさんは畳の張り替えまでは希望していなかったため、特殊な洗剤を何種類か使用して、とにかく臭いだけはどうにかしようと努力していた。

畳の該当部分に洗剤を掛けて暫くの間待っていると、何げなく側に転がっていた薄汚いノートが目に留まった。

今は待っているだけで特にやることもなかったため、彼はそれをぺらぺらと捲り始める。

幾ら亡くなっているとはいえ他人の書いたノートを読むのには多少抵抗があったが、こうしたものの整理をすることも仕事の内と理由を付けていた。

「中身はね、小説でした。綺麗な挿絵がたくさん入っていましたね」

何処にでも売っているようなありふれた無地のノートは鉛筆の線で上下に分けられていて、その上半分には絵が描かれており、下半分には細々とした読み難い文字がびっしりと書かれていた。

最初は何げない気持ちで読み始めたものの、彼は次第にその作品の持つ独特な魅力にすっかりと魅入ってしまった。

「もちろん、話自体は何てことないんですよ。所謂正義が悪をやっつける、みたいな……」

主人公は奇妙な羽を生やした少女であった。縦横無尽に空を飛び回る彼女が、この世界の悪と戦う、といった単純な話になる。

そのようなありふれた勧善懲悪物の何処に、そこまで彼をのめり込ませる要因があったのであろうか。

辺りに散乱しているアニメ系の雑誌やＤＶＤから想像すると、ひょっとしたら何かのキャラクターなのかもしれない。

そういった類のものに今まで興味がなかった彼は、急激に自分自身に訪れたこの奇妙な感覚に困惑した。

「お恥ずかしい話なんですが……」

今までアニメや漫画のキャラクターに特別な感情を抱いたことはなかったが、大元さんはこのノートがどうしても欲しくなってしまった。

彼らの仕事はあくまでも遺品整理である。

これらのノートは本来ならば御遺族に返却すべき代物に違いない。

「あのときは、そんなことは微塵も思いませんでした。とにかく家に持ち帰ろう、と。そのことだけで頭がいっぱいになってしまったんです」

読みたい。この少女が出てくる作品を、もっと読みたい。

大元さんは散乱しているゴミの中から的確にノートだけを選別すると、「処分」の紙が貼ってある段ボール箱の中へと丁重に入れ始めた。

この「処分」の箱に分別されているものは、後でリサイクルショップに売却することを意味している。もちろんこのノートは後でこっそり持ち帰るつもりである。

孤独死した他人の部屋から持ち出したものなど、何一つ自室には持ち込みたくないのが正常な感覚ではないだろうか。

しかし、このときの大元さんからは、その感覚は抜け落ちていたと言わざるを得ない。

その日の夜、仕事を終えた彼は自室で寛ぎながら、例のノートに書かれた小説を読み耽《ふけ》っていた。

持ち帰ったノートは全部で十三冊。表紙にナンバリングされており、十三（終）と記載されていたので、これが全部であると容易に想像できた。

彼は寝ることすら忘れて、一気に読み漁った。

読めば読む程、この一連の作品が素人の手によるものではない気がしてきた。

そして、こう思った。ひょっとして、亡くなったあの方は著名な作家だったのではないだろうか、と。

もしかしたらこれはシリーズ物の一部分に過ぎず、他の部分が出版されているのではないだろうか。

興奮冷めやらぬ状態のまま、彼はノートパソコンを立ち上げると、インターネットで情報を収集しようとした。

しかし、時間が経過していくだけで、欲している情報は一向に入手できない。

似たような作品は結構あったが、そのどれもが自分の探しているものとは明らかに違うのである。

亡くなったほうの本名で検索してもそれらしき人物は出てこないことから、あの作品は未発表に違いないとの結論に達した。

何げなく、壁の時計に視線を移す。

時刻は朝の四時半を指しており、今から寝るには遅すぎる時間であった。

出勤時刻までどうしようかと思案していると、ある考えが頭の中を占領し始めた。

「……未発表ならば、まだ部屋の中に残っているかもしれない」

そう思った途端、いても立ってもいられなくなった。

急いで着替えると、彼は例の現場へと向かっていった。

日の出の時間にはまだ早く、煌々《こうこう》と光る街灯の灯が築三十年以上も経過した木造アパートを不気味に照らしていた。

大元さんの運転する軽自動車の安っぽいエンジン音だけが辺りに響き渡る。

ここまで辿り着くまでに、比較的交通量の多い国道を何度か通ったが、何故か他の車は一切見かけなかった。

それだけではない。運転中、妙な視線を後部から感じていて、何回後ろを振り返ったのかすら覚えていない。

そして、唐突に聞こえ始めた異様な羽音が四六時中耳を離れずに、今まで味わったことのないような苛立ちを感じていた。

まるで小さな羽虫が両耳の外耳道に入り込んでしまったかのようで、そういった不思議な羽音とともに、いつしか奥歯に痛みまで走るようになっていた。

彼は辺りを見回しながら、例の部屋の前で佇んでいた。

清掃自体は完全に終了していないとはいえ、ある程度まではゴミとして処分していたし、特殊な洗剤を使って拭き掃除まで行っていた。

それにも拘わらず、部屋の外にまで例の死臭が相も変わらず漂っている。

いつの間にか襲い掛かってきた頭痛にまで苛まれながら、大元さんは部屋の中へと入っていった。

人通りの少なさから問題ないとは思ったが、万が一を考えて室内の灯を点すことなく、持参してきた懐中電灯だけを頼りに室内へと入っていく。

あれほど大量の幼虫や蛹《さなぎ》を駆除したのに、相も変わらず大量の蠅が辺りを飛び交っている。

そして昨日は様子だけ見て一切手を付けなかった押し入れに向かって、ゆっくりと歩み寄っていく。

昼間見たときには、そこには半透明なプラスティック製の衣装ケースが幾つか重ねられており、そこにも本やノートが入っているに違いないと目星を付けていた場所であった。

手元の僅かな灯を頼りに、押し入れの襖をそっと開いていく。

すると懐中電灯から発せられる光芒の端が、押し入れの隅でしゃがみ込んでいる男の姿を捉えた。

全身瘦せ細ったその表皮は、毛羽立った皮革製品のようにざくざくに割れ、荒れ果てていた。

脂で鈍色に輝く長い乱れ髪で隠された顔面からは、異様なまでに鋭い眼光が、その奥目から発せられている。

まるで全身に電気が走ったかのような錯覚を覚えて、大元さんは即座に襖を閉めた。

たった今見た光景を到底信じることができずに、彼は瞼を擦りながら数回、口だけで深呼吸をした。

そして改めて、目の前の襖を開け放った。

やはり、先程見た何かは幻だったのであろう。おかしな男の姿は何処にも見当たらない。

彼はホッと一息吐きながら、衣装ケースを物色し始めた。

アニメ系の雑誌が殆どであったが、そこには案の定、それらしきノートが一冊だけ紛れ込んでいた。

全ての衣装ケースを探し回ったが、その一冊以外どうしても見当たらない。

少々落胆しながらも、大元さんはノートを手にするやいなや、その部屋から出て自分の車へと戻っていった。

今すぐにでも中を確認したかったが、楽しみは今日の夜まで取っておこう。そう思いながら、車の中で数時間の仮眠を取ることにしたのである。

遺品整理もほぼ完了して、あとは部屋の臭いを取るためにオゾン発生器を数十時間使用するのみとなった。

帰宅した大元さんはひとっ風呂浴びてから、今日発見したノートに目を通し始めた。

「……愕然としましたね。今までの作風とは全く違っていまして……」

そこには、あの羽の生えた少女の最期が克明に描かれていた。

書いている当人も相当気合いが入っていたらしく、鉛筆で描かれた主人公の姿も精緻《せいち》を極めていた。

しかし、その方向性は今までとは違って、一際残虐性を帯びていた。

簡単に説明すると、こうである。悪との戦いでボロボロになった主人公が傷ついた身体を休めていると、そこに人間の集団が現れる。

そして彼女は、身を挺して守ってきた人間達に、惨たらしい方法で惨殺されてしまったのであった。

「流石に、それ以上読むのが辛くなってしまって……」

大元さんは見てはいけないものを見てしまったかのように、そっとノートを閉じた。

そして深い溜め息を吐きながら視線を正面に戻した。

何処かで見た顔が、目の前に浮かんでいる。

ざくざくに割れた皮膚からは、どす黒い体液が滲み出ている。

それらの谷間からは真っ白な蛆《うじ》虫がうねうねと身悶《みもだ》えており、時折米粒をばら撒いたかのような微かな落下音を出しながら、床へと落ちていく。

その瞬間、大元さんの全身は一度だけびくっと脈打った。

そしてそのまま、足腰の力が一気に抜けていって、崩れ落ちた彼の身体は後方へと転がった。

後頭部に鋭い痛みを感じたそのとき、彼の意識は闇の奥底へと急激に堕ちていった。

耳の奥では鳴り止むことのない、羽音を聞きながら。

「……持ってきてはいけないものだったんでしょうね」

出勤してこない大元さんを不審に思った同僚の訪問で、彼は病院に運び込まれた。

発見されるのがこれ以上遅かったらどうなっていたかは分からない、と厳しい表情で主治医は言ったらしい。

「それで、もう怖くなっちゃって」

退院するなり、大元さんは例のノートを全て、近所の寺に持っていった。

「ほら、結構聞くじゃないですか。そういう物は供養してもらうと良いって」

しかし、彼の望みは叶わなかった。

何故なら何処の寺に行っても、問答無用で全て断られたからである。

それも、どういった種類の物を持って来たか一切訊かれることなく、有無を言わさず追い返されてしまったのである。

「仕方ないんで、今でもウチにありますよ」

あのノートは、大元さんの自室にひっそりと保管されている。

もちろん、あのようなものを自宅に置いている訳であるから、おかしな現象が起きないはずがない。

ただし、不思議な羽音が聞こえてきたり、あの男の顔を時折見かけることがあるが、それ以上のことは今のところ起きていない。

「だから、多分大丈夫だとは思うんですけど……できたら誰かに貰ってほしいなあ、と」

そう言いながら上目遣いでこちらを窺う大元さんに対して、私は勢いよく頭《かぶり》を振った。

打ちっぱなし

「お前、また怪談のネタを集めているんだって？　この前、俺のパチスロ仲間から面白い話を聞いたぜ」

　怪談ネタ募集中の私に、飲み友達の田巻から電話が掛かってきた。

「ああ、ネタはありがたいけど、今回は本に関する怪談なんだよね」

　私がそう伝えると田巻は「メインじゃないけど、本も出てくる話だからセーフだろ？　まあ聞けよ」

　そう言って田巻は自分のパチスロ仲間、深沢さんの体験談を語ってくれた。


　深沢さんは、所謂ゴミ屋敷や汚部屋の廃品回収や片付けを行う業者で、バイトをしているという。

　仕事はハードだが日給は良いらしい。

　ある日、深沢さんは先輩と二人で軽トラに乗り、都内にある依頼先の家に向かった。

「今日の仕事は楽ちん、ボーナス・ステージみたいなもんだ。屋内に置いてある、あらかじめゴミの詰まった段ボールやゴミ袋をただトラックに積み込むだけ。細かい片付けや後始末は一切なし」

助手席の先輩はスマホゲームをしながら、運転している深沢さんに言った。

「本当にそうだといいですね～」

前回、担当したゴミ屋敷でガラクタの下から犬の死骸が現れたのを思い出しながら、深沢さんは返事をした。

依頼された家に着くとその前にトラックを停め、深沢さんは改めてその家を見上げた。

茶色いレンガ壁がベースの、三階建て一戸建て住宅。

敷地自体はそれほど広くないが一階には駐車場もあり、都内で駅からのアクセスも良いことから、深沢さんはフリーターの自分には絶対に縁のない物件だと思った。

そして外壁の汚れ具合から、建てられてまだ何年も経っていない様子だった。

「もったいないよな。住んでいた家族は折角建てたこの家を、数年で安く売り払って逃げるように去っていったそうだ」

先輩が深沢さんに軍手とマスクを渡しながら言った。

「え～、マジですか？　都内にこれだけの家を……もったいない」

依頼主の不動産会社から預かった鍵で、先輩は家のドアを開けた。

「普通、こういうのって不動産屋が付き添ってやるものですよね？　鍵を預かっているとはいえ、勝手に入ってしまっていいんですか？」

深沢さんは先輩に疑問をぶつけた。

「家の中にあるゴミの詰まった段ボール箱とゴミ袋を、一つ残らず回収しろ。それが終わったら不動産屋に鍵を返して終了、依頼はそれだけだ。余計なことはするなよ」

そう言うと、先輩は深沢さんの疑問を無視してズカズカと家の中に入っていった。

続いて深沢さんが入り、その屋内を見て一瞬、言葉を失った。

壁も天井も床も全て打ちっぱなしのコンクリート。

先輩の話によるとこれは工事中やリフォーム中などではなく、最初から内装はこういう作りの家なのだという。

外から見た、ややオシャレであか抜けた印象の家から想像できないくらい、殺風景で寂しい屋内の光景だった。

大体こんな四方をコンクリートに囲まれた家の生活は、湿気やら熱伝導率等の問題で身体に良くないのではないか？

深沢さんは建築現場などでも働いたことがあり、多少はそう言った知識を持っていた。

もう一つ、深沢さんがおかしく思ったのが、この家の中では全く匂いがしない点だ。

生活臭はもちろん、壁などの素材であるコンクリートの匂いすらしない。

「ここ、本当に人が住んでいたんですか？」

深沢さんが少しビクつきながら訊ねると、先輩は一つのドアを開けた。

「歳を取った両親と中年の息子、その三人が住んでいたそうだ。何でこんな内装にしたのかは分からん。そして何故、数年で立ち去ったのかも」

ドアの中は、どうやらダイニングキッチンのようだった。

テーブルや椅子はなく、ただ床をぎっしりと埋め尽くすように、たくさんの中身の詰まった段ボールやゴミ袋が置かれていた。

「他の部屋にも同じように段ボールやゴミ袋があるそうだ。こいつらを全部トラックに積み込んでいくぞ」

先輩は、もうこれ以上余計なことは聞くなと言わんばかりに大きく手を振ると、深沢さんに作業に取り掛かるように命令した。


「ここまで几帳面なら、自分達で捨てるところまでやればいいのに」

深沢さんは、各部屋に置いてある段ボールやゴミ袋を運びながら思った。

全てのゴミは燃える物、燃えない物、陶器、古新聞や雑誌、プラスティックや金属類など、きちんと分類されて段ボールやゴミ袋に入っていた。

同時に家族三人しかいないにも拘わらず、ゴミの量が多すぎると思った。

そのくせ、椅子やテーブル、タンスやベッドなどの大きな家具は先に処分したのか一つも見当たらない。

「まあ、生ゴミがないのは助かったな」

先輩と一緒に作業をして、三時間ほどで殆どのゴミを回収し終えた。

「あとはこの部屋だけだ。お前やっといてくれよ。俺は外でタバコを吸ってくる」

「へーい、帰りの運転はお願いしますよ」

深沢さんは怠そうに答えた。

「あ、この部屋は中年息子のだ。噂だとそいつはここで自殺未遂したらしいぜ」

先輩は去り際に余計なことを言った。

「マジすか？　そいつの死体が最後のゴミとかは嫌ですよ」

先輩の話を聞いて深沢さんは顔を顰《しか》めた。

「アホ、未遂だって言ってるだろ。それから、あんまり早く終わると社長に日給を減らされるかもしれないから、帰りはパチスロに寄っていくぞ」

「分かりました！」

パチスロと聞いて元気が湧いた深沢さんは、最後の部屋に入った。

中年息子の部屋はそれほど広くないクセに、ゴミの量は他の部屋と比べて一番多かった。

「クソッ、どうやったらこんだけガラクタ集められるんだよ」

深沢さんは、不満を漏らしながらゴミを片付け始めた。

暫く経って最後に一つだけ、段ボールでもゴミ袋でもない物が残った。

それは縦一メートルあるかないかの長方形の茶色い木箱。

見方によっては小型の棺桶に見えなくもない。

深沢さんにはそれが不気味に見えたため、片付けるのが最後になってしまった。

箱には取っ手が付いており、左開きになっている。

深沢さんはそのままトラックに積んでしまおうかと思ったが、なぜだか中身が気になって仕方がない。

恐る恐る小さな取っ手をつまむと箱の蓋を開いた。

「これは⁉」

最初、深沢さんは子供達が箱の中に閉じ込められていたのかと思った。

だがそれは間違いで、箱の中には二体のリアルな人形が眠るように保管されていた。

身長は数十センチ、どうやら双子の男女のようで、顔の造りはほぼ同じだった。

保存状態が良いのか透き通るような肌には染み一つ付いておらず、身に着けている服にもほころび等は見られない。

右は真っ黒なスーツの少年、左は真っ黒なロングスカートの少女のようだった。

それぞれ黒い礼服をまとった少年少女は目をつぶっており、声を掛けると今にも起きて「おはよう」と言ってきそうだった。

二人とも端正な顔つきで、長いまつ毛と薄く朱に染まった小さな唇が美しい。

アニメやゲームの美少年美少女が現実化したら、きっとこうなるに違いない。

「知ってるぜ、こういうリアルな人形。確か、かなり高いんだよな……」

深沢さんは知り合いの女性がその美しさに魅了され、同じような人形を家に何体も所持しているのを見せてもらったことがあった。

しかし、深沢さんが次に考えたことは「これって内緒で持って帰れば、ネットで高く売れるのではないか？」という現実的なものだった。

「ん、これは本か？」

人形達の間には彼らのサイズに合わせたミニチュアの本が置かれており、二体の人形はそれぞれの手をその本の上に乗せていた。

まるで二人にとって、とても大切な宝物のように。

気になった深沢さんはその本を手に取ってみた。

小さいくせに細かくデザインのされた表紙の本で、見た目に反して重みがあった。

深沢さんが本の中を開いてみると、流石に中身は白紙だった。

「何だよ、だったら俺が書き込んでやる」

深沢さんは悪戯心が湧き上がり、同時に時間を潰すために小さな本の頁にボールペンで書き込んだ。

〇〇〇の野郎、死ね
〇〇〇ちゃんと付き合えますように
帰りのパチスロで大当たりする！

嫌いな同僚の悪口、好きな女友達への密かな思い、そしてこの後のパチスロ祈願。

くだらない内容だった。

「おい」

そのとき、後ろから先輩の声がした。

振り向くと誰もいない。

しかし、そんなことはどうでもいい。

深沢さんのいる中年息子の元部屋、その天井、壁、床を塗り潰すかのような勢いで、大量にある一文がびっしりと書き込まれていた。

もちろん、ほんの数十秒前までは、そんなものは書かれていなかった。


〝ずっと一緒〟

その一文に囲まれた深沢さんは驚愕し、口を開けたまま暫くその場から動くことができなかった。

彼の手から小さな本が落ちた。

落ちたときに開いた本の最後の頁にも「ずっと一緒」と朱色で書かれていた。

双子の人形の唇と同じ色だった。

「ずっと一緒、ってか？　お前達だけでやってろよ！」

ややヤケ気味になった深沢さんは震える手で小さな本を拾うと、双子の眠る箱に勢いよく放り込んだ。

そのとき、双子の目が開いてこちらを睨んでいたように見えたという。

深沢さんは気分が悪くなり、その場にうずくまった。

暫くして回復し、立ち上がった際に人形の箱を見ると蓋は閉じていた。

深沢さんは閉めた覚えはない。

そして天井、壁、床に書かれていた大量の「ずっと一緒」は消えていた。

「ふざけるなよ……」

深沢さんは捨て台詞のように呟くと、箱を放置したまま先輩の元へ向かった。

帰りに寄ったパチスロでは、深沢さんは全くいいところがなく、惨憺《さんたん》たる成績で先輩から同情されたほどだった。

その後、嫌いな同僚も死なず、片思いの娘とも何の進展もなかった。

そして深沢さんは、人形の箱を片付けないまま依頼された家を出てきてしまったが、彼のバイト先に不動産屋からはクレームみたいなものは一切なかったという。

道連れ

「大分昔のことなので、思い出せる範疇《はんちゅう》での話になりますが」

そう前置きされた上で、教えて頂いた話である。


なつみが通う小学校は地域ごとに班割りされて集団で登下校していた。

同じ班に二学年上で、時折本を貸してくれる上級生がいた。彼女の家は庄屋筋であったためか結構裕福で、本人も大変な読書家であったので色々な本を買い与えられていたようだ。

読書好きななつみの好きそうな本が手に入ったときなど、よく声を掛けてくれた。

「なつみちゃん、とても素敵な本を買ってもらったから、貸してあげるね」

その日、彼女は少し興奮気味に一冊の本を手渡してくれた。ブックケースに収められたハードカバーのその本は、銅色《あかがねいろ》の布張りにエンボス加工でエンブレムが施されている意匠を凝らしたもの。世界的に有名な児童向けファンタジー小説で、小学生にはとても手の出ない高価な本だ。

そんな贅沢なものを手にしたのは初めてで、主人公の冒険や繰り広げられる世界観に胸躍らせ、手の込んだ演出に見る間に引き込まれた。時間も忘れて夢中になって読んだせいか、かなりの分厚さであったにも拘わらず読み終えるのに一週間も掛からなかった程だ。

——こんな大事な本を貸してくれたのだから、早く返さなくては。

同じ班で登下校しているのだからそのときに返しても良かったのだが、折角貸してくれた高価な本を物のついでのように返すのも躊躇《ためら》われた。読み終えた翌日に一度家に帰ってから、大通りに出る交差点の角にある彼女の家まで直接返しに行った。呼び鈴を押すと彼女の母親が玄関の扉を開けて中に入れてくれた。

「ありがとう、面白かった！」

彼女にそう礼を述べて、ひとしきり本について話をして「またね」と無邪気に声を掛けた。頷きながら白く細い手を振って見送ってくれたのを覚えている。それが彼女と会った最後となった。

今になって思えば、心臓の病を抱えていたらしい彼女は学校も休みがちで、親しい同級生も少なかったのだろう。言ってみればなつみと彼女は本を貸し借りするだけの間柄だ。友達と言えるほど親しい訳でもないが、本を介してのやりとりで育んだものが彼女にとっては拠り所となっていたのかもしれない。

訃報を知ってなつみもまた、数日前まで手を振って笑っていた人が前触れもなく死んでしまうということが理解できなかった。

中学に入った頃、本屋で彼女の姉に会った。なつみが小学校に上がった頃には既に中学生だったから、なつみ自身は挨拶程度にしか言葉を交わしたことはない。

本棚の前で、本を探すでもなくただぼんやりと立っている。素通りすることもできずに、挨拶くらいはしておこうと声を掛けた。

「こんにちは」

こちらを向いた彼女の姉の目がきゅっと吊り上がった。

「あなた、あの子の」

その後の言葉が続かない。「友達」とも言い難い、妹が本を貸していただけの下級生である。何と呼べば良いのか分からなかったのかもしれない。

「何か本を探しているんですか」

彼女の家の前を通るたび気になってはいたから、何とはなしにそう訊いてみた。

「ああ……あの子が大事にしていた本がなくなっていてね」

すぐにピンときた。

——あの布張りの本のことだ。

「そういえばあなた、借りてたわね」

視線がまるで、お前が盗ったのだろうと言わんばかりで酷く居心地が悪い。

「ええ。とても高価な本だと分かっていたので、すぐに返しに行きました。それからすぐに亡くなったので……」

「返した？　ほんとに？」

探るような眼差しに困惑する。あの日、物語の中に出てくる竜の背に乗りたい、どんな心地だろう、とお互い感想を言い合ったのだ。間違いない。

「ないんですか？　あのときから？」

「いいえ。なくなったのは最近よ」

それならこちらは無関係だ。何故、疑うような素振りをするのか。ぞわり、と背筋が冷える。一方的な理不尽さに対して怒りよりも奇妙に纏わりつく怖さのほうが勝った。

「何処にも行かないように見張ってたのに」

――何を？

「何処かへ逃げてしまったの」

――何が？

「あなた、見かけたらうちへ持ってきて」

茫洋とした目で、けれど妙に真剣な物言いに、無言で何度も頷いた。薄ら寒い気味の悪さと恐怖だけがそこにあった。

その後、彼女の姉とはそれきり顔を合わせることもなく、なつみは高校へ進学した。

高校の近くに小さな古書街がある、一緒に行かないか。そう友人に誘われた。そんな場所があるなど初めて知ったし、元々が本好きである。一も二もなく快諾して連れ立って出かけた。

古書街とはいっても五、六軒の古本屋が小さな商店街にあるだけのもので、最後の店まで巡るのはそれほど難しくはなかった。それでもじっくり見て回っていたからなのか、結構な時間は過ぎていて日暮れが近かった。

通路も狭く、奥まったところにレジカウンターが一つあるだけでさして広くもない店内の、古本独特の匂いで満ちた本棚の中に見付けた見覚えのある背表紙。殆ど無意識に指を掛けて手前に引き寄せる。見えたのは綺麗なままのあのブックケース。

ふと彼女の姉との会話が脳裏をよぎる。そのまま背表紙を押して本棚に戻した。手に取る気にはならなかったのだ。

「なつかしー、憧れてたけど当時買ってもらえなかったのよ」

一緒に来ていた友人が脇から手を伸ばして本を引き抜いた。ブックカバーを外して下に並べられている本の上に置き、パラパラと頁を捲っている。

「決めた、あたしコレ、買っていこ」

これが彼女の本とは限らない。確かめようもないし、止められるだけの理由もなかった。

胸のうちに広がる漠然とした不安は見ない振りをした。

「ねぇ、この間買った本なんだけどさぁ」

数日経った頃、あの本を買った友人が言い難そうに口を開いた。

「あれさ、最後の頁、ほら、紙が貼ってあるじゃん？」

見返しのことか。

「あそこが剥がれてたんだよね」

あの本は元々児童向けだ。前の持ち主が子供であるなら、その子の性格によってはそういうこともあるだろう。多分珍しいことではない。

「落書きまではしてなかったでしょ？」

「してあったの」

なつみに本を貸してくれていたあの彼女は本を大事にしていた。彼女ならそんなこと絶対しない。この本は彼女のではないのだ、そう思ったら少しホッとした。

「あー、それは……ハズレだったね」

だから、苦笑いで返したのだ。笑い話になると思って。

「それがさ、『なつみ』って平仮名で書いてあって」

心臓が大きく一つ跳ねた。

「あんたも平仮名の『なつみ』じゃん？　偶然だけど何か気味悪くて」

「別に珍しい名前でもないじゃん？」

鼓動が段々早くなっていく。

「まあ、ね。でもさぁ……」

友人は妙に口籠もった。何か言いたいことがあるらしいのに、言い出し辛い、そんなふうに見えた。

ドクドクと激しくなる鼓動を感じながら、手を握り込む。

——死にたくない、死にたくない、なつみちゃん——

「そう書き殴ってあってさ。……何か、ヤな感じでしょ？」

叫び出しそうだった。声が震えそうになるのを堪えて平静を装って笑う。

「偶然じゃん？　そんな気味悪い本、捨てたほうがいいよ」

「だよねぇ。そうする。今日家に帰ったらすぐ古本屋へ売りに行くよ」

知らない振りをした手前、捨ててほしいとは言えなかった。だから、友人がそう言ってくれたことにホッとした反面、本当に処分したのかどうか聞くまでは気が気ではなかった。

友人の行動は早かった。その日のうちに古本屋へ売りに行ったと本人から聞いた。更に数日を経て、何事も起こらないことに漸く安堵した。

そうして学校の帰り、いつも通りに学校近くの友人宅の手前で別れた翌日。

朝、教室に入ると泣き声が聞こえた。クラスメイト達が泣いている。いつもなら先に来ているはずの友人の姿が何処にもない。まさか、まさか。

「昨日の帰り、交通事故で死んだって」

混乱した。昨日、一緒に帰ったのに。家のすぐ近くまで一緒に。

あの本が頭に浮かぶ。だって、手放したのに。何で、どうして。

授業が終わってすぐに古書街へ向かった。売ったと言ったのだから、あるはずだ。友人の死はアレとは無関係だと信じたかった。だが、どれだけ探しても、あの本はどの古本屋にもなかった。

告別式でなつみは弔辞を読むことになった。参列するクラスメイト達とは別に友人の母親に挨拶に行った。

「あの子と一緒にこの本、買いに行ったんですって？　良ければ貰ってやって」

どんな弔辞を読んだのかよく覚えていない。渡された本を抱えて家に帰り、恐る恐る裏表紙を捲った。

剥がされた見返しの下の、灰色の紙は何か細いもので何度も繰り返し引っ掻いたのか、摩耗して少しつるつるしている。引っ掻いて付けられた細い筋で、書かれた鉛筆の文字が滲んでいた。

——しにたくない、しにたくない、なつみちゃん、いっしょにいて——

考える前に本を掴んで家を飛び出していた。ブックケースへ本を仕舞い、大通りに出る交差点の角にある家の前で呼吸を整え、呼び鈴を押す。程なくあの日と同じ、彼女の母親が玄関の扉を開けた。

「あの、お姉さんにこれを」

「あらまぁ、ちょっと待ってね」

恐らくは本人を呼ぶために家の中に引っ込もうとする母親の手に、押し付けるように無理矢理本を握らせた。そのまま踵《きびす》を返し、走り出す。

「返しに来たと言えば分かりますから！」

そう叫んで後ろも見ずに自宅まで走る。もう一秒たりともあの本に触れていたくなかった。

家に帰って部屋に閉じこもり、夕飯に母が呼びに来るまで布団の中でじっと蹲っていた。ただひたすらに怖かった。

食卓に着いて夕飯を食べている最中、何処か遠くでどかーんともばちーんともどーんとも付かない、大きな音がした。衝撃音だったのかもしれない。雷が落ちたような音にも思えた。

暫くして家の前の道路が騒がしくなり、救急車両のサイレンが外を通り過ぎた。

翌朝、朝食の席に着いたなつみに母が神妙な面持ちで告げた。

「庄屋さんとこ、ほら、あんた小さい頃お嬢さんと仲良かったじゃない？　昨日晩御飯食べてるところにスピード違反でハンドル操作を誤ったトラックが突っ込んで」

——あそこのお姉ちゃん即死だって。昨夜の大きな音、その音だったって。

それ以来、なつみは古本屋の、あの本が置いてありそうな一角には決して近寄らないのだという。

紗英ちゃんと絵本

藤井家の一人娘である紗英ちゃんは、絵本が大好きである。

読み聞かせで絵本の魅力に気付き、五歳になる頃には幼稚園にある絵本を全て読破するまでに至った。

もっと読みたいという願いを叶えてやりたいのは、親として当然である。とはいえ、絵本は結構高い。

図書館が一番の解決策なのだが、隣の市まで行かねばならず、半日仕事になる。

色々と思案した挙げ句、藤井さんは良策を思いついた。

ネットで古本を購入するのだ。物によっては、纏め売りでも二千円程度で済む。

おかげで、藤井家の本棚は一気に賑やかになった。

紗英ちゃんも大喜びで、時間さえあれば読み耽っている。

後は、読まなくなった本を処理し、また買い求めればいい。

そんなある日。

いつものように絵本を詰めた段ボール箱が届いた。

早速、紗英ちゃんは一冊ずつ取り出して確認していく。いつもなら、どれから読み始めるかを迷いながら決めるのだが、その日は違った。

一冊の絵本を手に取ったまま、動こうとしない。

「どうしたの？　そんなに気に入った？」

話しかける藤井さんを無視して、紗英ちゃんはその絵本を胸に抱きしめて部屋に戻った。

何とも愛らしい様子である。藤井さんは微笑みながら、夕飯の支度に取り掛かった。

夕焼けが空を染める頃になっても、紗英ちゃんは部屋に閉じこもったままである。

恐らく、まだ読んでいるに違いない。大した集中力だと感心しつつ、藤井さんは子供部屋に向かった。

やはり予想通りである。紗英ちゃんは灯も点けず、薄暗い部屋で食い入るように絵本を読んでいる。

「紗英、こんな暗いところで読んでたらダメよ。とりあえず御飯食べましょ」

紗英ちゃんはぼんやりと頷き、再び絵本を抱きしめて部屋を出た。

驚いたことに、食べる間も絵本を離そうとしない。流石にこれはやり過ぎである。

優しく注意すると、紗英ちゃんは渋々従い、テーブルの上に絵本を置いた。

今までにもお気に入りの絵本はあったが、ここまでではない。

一体、何がそれほど気に入ったのだろう。そういえば、何の絵本か知らないままである。

立ち上がり、表紙を見て藤井さんは首を捻った。

特に変わったものではない。何処にでもある童話である。確か、家にも一冊あったはずだ。

ストーリーではなく、絵そのものを気に入ったとしか考えられない。

そう解釈し、藤井さんは自分を納得させた。

そのうち飽きるだろうと思っていた藤井さんだったが、その予想は見事に外れた。

紗英ちゃんは、翌日も翌々日もその絵本しか読まない。

幼稚園から帰った途端、部屋に籠もって読み始め、寝る寸前まで離さない。

以前なら、必ず一度は外で遊んでいた。買い物も一緒に行くとうるさかったぐらいだ。

流石にこれはおかしい。夫に相談してみたが、適当に聞き流されてしまった。

とある日曜日、状況が激変した。

その日も紗英ちゃんは部屋に引きこもっていた。

夫は早朝からゴルフに出かけている。家事を終え、窓の外をぼんやりと眺めているうち、藤井さんは不安に駆られた。

紗英は、きっとまた夕方まで部屋から出てこない。それでいいのだろうか。

考えれば考えるほど落ち着かなくなり、藤井さんは立ち上がって紗英ちゃんの部屋に向かった。

「紗英、遊園地行こうか」

ドアを開ける。やはり紗英ちゃんは絵本を読んでいる。その隣に見知らぬ女の子が座っていた。

背格好は紗英ちゃんと同じぐらいだ。髪の毛は伸び放題に伸び、薄汚れて臭ってきそうな服を着ている。

手足は有り得ないほど細く、傷だらけだ。

「あなた、誰？」

その子はゆっくりと顔を上げた。何を考えているのか、まるで読めない表情だ。

「いつ入ったの？　紗英の友達？」

矢継ぎ早の問いかけを無視して、その子はいきなり部屋の外へ逃げ出した。

追いかけて廊下に出たのだが、既に姿が見えない。二階にあるのは紗英ちゃんの部屋と、もう一部屋のみ。

その部屋のドアが開いた音はしていない。念のため、部屋の隅々を探したが、姿は見当たらない。

階段を下りる音も聞こえなかった。

紗英ちゃんの部屋に戻ってみると、まだ絵本を読んでいる。

「ねえ、紗英。今の女の子は誰？　何処から入ってきたの？」

紗英ちゃんは、絵本を指差して言った。

「ここから」

一瞬の沈黙の後、紗英ちゃんはもう一度はっきりと言った。

「ここから」

この子は何を言っているのだろう。とにかく、何から何までこの絵本が悪いのだ。不安が怒りに変わり、藤井さんは絵本を取り上げた。

その瞬間、紗英ちゃんは絶叫し、絵本を取り戻そうと暴れ始めた。

殴り、蹴り、噛みつき、引っ掻いてくる。小さな指で掻きむしるため、爪が何枚か剥がれている。

辺りに血が飛び散った。

「紗英、止めなさい、止めて！」

あまりの痛さに藤井さんは思わず手を出してしまった。

それでも紗英ちゃんは止めようとしない。仕方なく、藤井さんは紗英ちゃんに絵本を返した。

スイッチが切れたように紗英ちゃんはピタリと止まり、座り込んで絵本を開いた。

何かぶつぶつと呟いている。

「おかあさん。もうしません。いうことをきくからたたかないでください」

藤井さんは、そっと覗き込んだ。今、紗英ちゃんが呟いた言葉が、絵本にそのまま書き込まれてあった。

幼い字であった。

その日から半年以上経つが、未だに紗英ちゃんは絵本を読み続けている。

一度、寝ている間に取り上げようと試みたのだが、思いきり噛みつかれて小指が切断寸前までいったそうだ。

あの女の子も度々現れる。座っているだけで何もしないのだが、たまに酷い臭いが残るときがある。

絵本の出品者を問い質そうにも、既に登録が抹消されていたという。

今日も明日も

今から五年前のことである。

小百合さんの娘、杏奈ちゃんは風邪をこじらせて入院してしまった。

短期間の予定だが、四歳児には長く辛い時間だ。テレビは疲れてしまうため、自宅から持ち込んだ絵本が何よりの時間潰しになった。

予定の期間を過ぎても症状は改善せず、退院はできそうにない。

読み聞かせる絵本も底を突いた。同じ本を繰り返しても杏奈ちゃんは全く気にしないのだが、読むほうが飽きてくる。

新しい絵本を買ってこようと病室を出た小百合さんは、ふと思い立って面談コーナーに向かった。

思った通りである。窓際に置かれた本棚には、たくさんの絵本が詰まっていた。

古びた物が多いが、新品同様の物もある。小百合さんは、何冊か手に取って中身を確認した。

気が付くと、いつの間にか隣に女の子が座っている。

杏奈ちゃんと同じぐらいの子だ。入院患者らしく、可愛いパジャマを着ている。

「こんにちは」

優しく話しかけて名前を訊くと、〈としこ〉と答えてくれた。

としこちゃんは、小百合さんが持っている絵本をじっと見つめている。

「読んでほしいのかな」

図星だったようだ。としこちゃんは小さく頷いた。

適当に一冊選び、読み始める。としこちゃんは、真剣な顔つきで聞いている。

「はい、おしまい。おばちゃん、病室に戻んなきゃ。また読んであげるね」

そう言った途端、としこちゃんは小指を出してきた。

「ああ、はいはい。指きりげんまん。約束ね」

廊下を曲がるときに振り返ると、としこちゃんは自分の小指をじっと見つめていた。

無事に退院できたのは、その二日後である。

いつもの暮らしの中、小百合さんはとしこちゃんとの出会いを忘れ、交わした約束を思い出すこともなかった。

その両方を思い出したのは、それから一年後である。杏奈ちゃんが肺炎で入院したのだ。

偶然にも、前回と同じ病室であった。小百合さんはベッド脇の椅子に座り、絵本を読み始めた。

「おかあさん」

「なぁに？　この絵本、いや？」

「そのこ、だぁれ？」

杏奈ちゃんの視線は、小百合さんの右側に向いている。見下ろすとそこに小さな女の子が立っていた。

着ている可愛いパジャマが、記憶の扉をこじ開けた。としこちゃんである。

としこちゃんは、小百合さんに小指を突き付けた。

「あ。ああ、そうだった。約束ね。としこちゃんも一緒に聞いててね」

読み終えて本を閉じる。それと同時に、としこちゃんも一瞬にして消えた。

幸い、杏奈ちゃんは目を閉じている。小百合さんは必死になって悲鳴を飲み込んだ。

一週間の入院中、絵本を読むたびに必ずとしこちゃんは現れ、読み終えると消えた。

どのような事情があって現れるのかは分からなかったが、小百合さんは供養の為と考え、丁寧に読んだ。

漸く退院を許されて帰宅。小百合さんは久しぶりに自分の布団に潜り込んだ。

目を閉じて間もなく、小指を引っ張られた。目を開けるとそこに、としこちゃんが座っていた。

その夜から毎晩、としこちゃんは現れる。読まずに放置したときもあったが、延々と小指を引っ張られる。

その姿を目撃した夫は、あらゆる手立てを講じたが、何をしても無駄と分かり、別室で眠るようになった。

現れてから半年後、杏奈ちゃんは三度目の入院でこの世を去った。

葬儀の夜も、としこちゃんは現れて絵本をせがんだ。今でもずっと、小百合さんは絵本を読み続けている。

残念ながら、杏奈ちゃんは一度も現れたことがない。

ある絵本

小滝さんは五歳の娘を持つ、ごく普通の専業主婦である。

夫はサラリーマンで、市内のアパートで三人暮らしをしていた。

ある日のこと、娘の里香が保育園から絵本を持ち帰った。

園では絵本の貸し出しを行っており、小滝家では日常の一部となっていた。「里香ちゃん、ちゃんと御飯を食べてからにしようね」

いつものことながら、娘は絵本を手放そうとはしない。

何とか宥めすかして晩御飯を食べさせ終えた。

食事の後片付けをしている間も、娘は真剣な表情で読み耽っている。

「ほら、もう寝る時間だよ」時刻は二十一時になろうとしていた。

娘は絵本を片手に自室へと入っていった。

夫は残業でまだ帰宅していない。

小滝さんがあらかたの家事を終えた頃には二十二時を過ぎようとしていた。

「ふう……」

溜め息を吐き、何げなくテレビを点ける。

そういえば娘はちゃんと寝たのだろうか？

部屋を覗き込むとまだ絵本に夢中になっていた。

「ちゃんと言うことを聞かないと、鬼もお化けも来るんだよ！」

絵本を取り上げ、強制的に灯を消した。

「もう……本当に困った子」

何がそこまで夢中にさせるのだろう？

絵本の表紙を見ると、有名な一冊であった。

赤鬼と青鬼が出てくる感動する内容の本。

懐かしいという想いに駆られて、小滝さんもパラパラと読み始める。

「ただいまー」

丁度そのタイミングで夫が帰宅したため、絵本をその場に放置し、御飯の準備に取り掛かった。

結局、その日は絵本のことは忘れ、小滝さんは就寝してしまった。

翌朝のこと。

「ママ、絵本返してー」

娘の言葉で本のことを思い出した。

昨日、置いた場所を探すが見当たらない。

当然、周囲も調べるが見つからない。

「もーう、なくしたら先生に怒られるんだからね！　黄色い鬼にも！」

(黄色い鬼……？)

引っ掛かりを覚えたが、気にしていられる程の時間の余裕はなかった。

身支度と食事を取らせ、保育園に連れて行く時間が迫っていたのだ。

バタバタと忙しい最中、夫は仕事へ向かった。

小滝さんも絵本がないことをぐずる娘を何とか園まで送り届け、帰宅した。

「えー、何でないんだろう？　どっかに挟まってたりしないかなぁ？」

元々綺麗好きであり、部屋はいつも片付いている。絵本ほどの大きさがある物を室内で見失うとは考え難い。

散々探したが、結局見つからなかった。

弁償するしかない、と本屋に行き、同じ絵本を探す。

幸い有名な絵本であったため、簡単に購入できた。

帰りがてら夕食の買い出しも済ませ、また家事に没頭する。

そうしている間に、娘を迎えに行く時間になった。

保育園に着くと娘はまだ友達とはしゃいでいた。

「ママ！　絵本見つかった？」

「あ、あるわよ。何を言ってるの、この子はもう……」

お迎えに来ている他の親御さんの手前、なくしたとは思われたくなくて慌てて嘘を吐く。

明らかな新品である以上、先生にはバレてしまうので、返すときにこっそり事情を説明しようと思っていた。

帰り道、娘はずーっと絵本の話をしていた。

「早く帰って続きを読もうね」「うん！」

ただ、娘の会話の中に理解不能なワードが複数見受けられた。

〈ちゃんと読み終わらないと黄色い鬼が来ちゃう〉

〈黄色い鬼は怒ったら怖いんだよ〉

〈ちゃんと黄色い鬼の気持ちを考えないとね〉

……黄色い鬼。そもそもこのお話に、黄色い鬼など登場していただろうか？

昨日、途中まで読んだ内容では、小滝さんが幼少時の記憶のままのものであった。

(恐らく、娘が勝手に作りだした内容と一緒になっているのだろう)

小滝さんはそう納得した。

夕食の準備をしている間も、娘は本に夢中であった。

「ダメー、怒っちゃダメー」「ほんとに黄色い鬼さんは悪い子だよー」

娘の声の大きい独り言が気にはなるが、放置しておけば作業が捗《はかど》る。

小滝さんは夫の帰宅時間を考慮して、準備を急いだ。

「おかしい……」

夫から何の連絡もなく、十九時半を回ろうとしていた。

残業のときは事前に必ず連絡があるし、通常であれば十九時前には帰宅するはずであった。

「ママー、お腹空いたー。パパはまだなのー？」

「そうだよねー、じゃあ、先に食べて待ってようか？」

娘に夕食を食べさせつつも、小滝さんは嫌な予感がしていた。

携帯に連絡を取ろうかと思った矢先に、家の電話が鳴った。

「すみません、そちらに御主人は……」

会社からの電話であった。

外回りの営業に出ていたが、帰社予定時間を過ぎても一向に戻る気配がない。

商談中に何らかのトラブルが起きたのか、と何度も携帯に連絡を取っているのだが、全く繋がらないらしい。

もしかしたら、現場から直帰したのかと思い、電話をしてみたという。

小滝さんは言葉を失った。

動揺しながらも、会社からの電話に詫びを入れて切る。

事件？　事故？

最悪の事態の想像が頭の中を駆け巡る。

（大丈夫、大丈夫……）

自分に言い聞かせるようにしていたつもりだが、気付けば娘を抱き寄せ、言葉に出していた。

「ママー、何が大丈夫なの？」

根が真面目な主人は、会社に連絡も入れずに何処かに行くはずもない。

ましてや幼子と自分を残して消えるはずなどありはしない。

時間だけが無情に過ぎていった。

一方、夕食を食べ終えた娘は、楽しそうに絵本に夢中になっている。

（こんなときはどうしたらいいの？　警察？　それでもし、最悪の事態が確定になったら……）

決断をしきれない小滝さんは、ただ電話が鳴るのを待っていた。

娘を寝かしつけた後も、電話の前から離れず、そのときをひたすら待ち続けた。

結局、朝を迎えても何の連絡もないままとなった。

泣き腫らした顔が酷いことになっているのが、自分でもよく分かっている。ただ、何も変わらない日常を取り戻そうとする思いが、娘の朝食を作り、保育園まで送り届けることであった。

アパートに戻った後は、ただ茫然としていた。

親兄弟に相談することも頭を過ったが、余計な心配を掛けたくはない。

いや、そうすることで最悪の事態を決定づけるような気がしたので、一人で堪えていた。

そのとき、電話の着信音が鳴る。

相手の番号など確認する余裕もなく、飛びつくように通話に出た。

電話の先は警察であった。

絶望的に叫んだような記憶もあるが、すぐさま夫の生存が報告された。

あまりの感情の起伏に何を話したのかは覚えてはいない。

書き殴りの文字で、夫が運び込まれた病院名だけが手元に残っていた。

スマホで住所を調べると、隣町の病院であることが分かった。

取る物もとりあえず、通りに出るとタクシーに飛び乗った。

二十分程で病院に着き、夫の元へと急ぐ。

病室に入ると、派出所勤務の警察官がいた。

「あー、奥さんですか？　すみませんが本人確認をしてもらいたく……」

小滝さんは警察官を押しのけ、夫にしがみつくと声を出して泣いた。

漸く落ち着いた頃に、警察官から詳細が伝えられる。

通報があり、現場に向かうと、ボーッと立ち尽くしている男性がいたという。

ある程度の会話が通じてはいたのだが、どうしてそこにいるのかを理解できていない状態だったらしい。

警察官が連絡先を訊ねているときに、意識を失い、救急搬送された。

そこで本人確認も兼ねての小滝さんへの連絡となったのだ。

夫の顔色は黄色がかっており、何処か辛そうに見えた。

立ち会った看護師によると、この後、精密検査で状態の確認が行われるのだが、臓器の疾患が疑われているらしい。

命があったという安堵の涙か、大病の可能性の悲しみか、小滝さんは訳も分からずにその場で泣き崩れた。

それから一時間もすると、少しずつ冷静さを取り戻していく。

勤務先、保険会社への連絡。

入院に必要な物の準備。それぞれの親元への報告。やるべきことは無数にある。

何よりも夫が退院するまでの間、一人で娘を守り切らなければならない。

その日から二週間程は、非常に慌ただしく過ごすこととなった。

病名も肝硬変と診断され、暫くの間はこんな生活が続くものと思われた。ある日の夕食前のこと。御飯ができたと言っても、娘は絵本に夢中だった。

「里香ちゃん、絵本は御飯が終わってからにしなさい」

小滝さんの呼び掛けにも何の反応も示さない娘。

表紙を見ると、例の絵本を読んでいる。

（まだ借りっぱなしだったのか。どれだけ気に入っているのか……）

「里香ちゃん、ちゃんとしないと、パパに怒られるよ！」

「ふんっ！」

娘は絵本を床に投げ捨てた。

「ちょっと、何やってるのよ、もう……」

「あのさぁー、誰が誰に怒られるって？」

普段の娘の言葉遣いとは似ても似つかない。

口調もそうだが、睨みつけるような目つきから態度まで、大人としか思えない行動であった。

「だ、だから、パパにね。怒られちゃうよ、ってね」

「好き勝手やって、自業自得の馬鹿に、何を怒られる筋合いがあるっていうのさ」

言葉をなくした小滝さんが立ち尽くしていると、娘は白目を剥き、その場に崩れ落ちた。

「里香ちゃん！　里香ちゃん！　どうしたの？　大丈夫？」

必死に揺さぶり、起こそうとするが反応がない。

救急車を呼ぼうと受話器を握った瞬間、娘は目を覚ました。

「あれー、ママ、どうしたの？」

何事もなかったかのように振る舞う娘。

口調もいつものように、何処か甘えたものに戻っている。

念のために病院へ連れて行こうとするが、だだを捏《こ》ねて嫌がる。

「それより、お腹が空いたのー」

とりあえず、様子見をしながら夕食を食べ終えた。

すぐさま娘は絵本を読み始めている。

しかし気になるのは、先程の娘の発言である。

「里香ちゃん、さっきのパパの話なんだけど……」

「え、パパ、お仕事から戻ってくるの⁉」

娘は食いつくように、キラキラした笑顔で小滝さんを見た。

娘には病気で入院していることは伏せていた。

出張ということで、お仕事が忙しいと伝えていたのだ。

反応から見て、どうやらまだ信じているらしい。

それならば、先程の発言は何だったのだろう？

小滝さんは釈然としない気持ちを持ちつつも、不安を与えてはいけないと心に仕舞い込んだ。

翌朝は日曜日だった。

娘は保育園がお休みのため、朝から絵本に夢中になっている。

今日は夫の病院には行かずに、娘の相手をする予定だった。

「ねぇ、里香ちゃん、天気もいいから公園にでも行こうか？」

小滝さんの呼び掛けにも、無言を貫く娘。

「ねぇってば。公園でアイスとか食べてもいいんじゃないかな？」

娘は小滝さんを睨《ね》め上げた。

（この感覚、同じだ……昨日と……）

動揺を隠せない小滝さんがおどおどしていると、見かねたように娘は口を開く。

「あのさぁー……」

「はいっ！」

娘の迫力に負け、思わず良い返事をしてしまった。

ふーっ、と娘は深い溜め息を吐き、話を続けた。

「あんたのね、そういうとこが舐められてる証拠だよ。馬鹿正直というか、疑うことを知らないというか」

小滝さんは、娘が何について話しているのか理解できない。

ただ、狐か何かにでも憑依されているかのような態度の大きさに対しては、大人しく従うのが得策と思えた。

「ねぇ、意味分かってんの？　あんたの為に言ってあげてることが」

戸惑う小滝さんを尻目に娘はずけずけと言葉を続ける。

「だからぁ、あんたの旦那、若い女と浮気してるっての！　まあ、本気なのかもしれないけどね」

嫌らしい笑みを浮かべる娘の顔は、五歳児のものとはとても思えない。

夫はいつも優しく、家族の為に働いてくれている。

休日も買い物や、娘とのお出かけに時間を使ってくれている。

一体何処に浮気などする時間があるというのか？

「ほーら、気付いていない。まあ、あんたが幸せだっていうならいいんだけど」

娘の下卑た笑みは、唇の隙間から歯を覗かせた。

やはりこの姿は娘ではない。

それが分かっているのだが、どう対処していいのかが分からない。

勇気が出ない小滝さんは娘の言葉に、ただ「はい、はい」と従うしかなかった。

現実の時間として、十分程も過ぎたのだろうか？

あまりの非現実的な状況は、小滝さんには数時間くらいに感じられた。

「はぁー、ほんとにつまんない女。まあいいわ、あたしの言葉が信じられないなら、夫のスマホを見たら分かるわ。じゃあね」

その言葉を最後に、娘は意識を失いその場に倒れた。

娘を助け起こさなければならない。

それが分かっていながら、小滝さんは一歩も動けなかった。

あまりに恐ろしかったというのもあるが、頭の隅では〈夫の浮気〉が引っ掛かっていた。

(娘は可愛い。でも浮気が本当なら、今の現状を必死で守ろうとしている自分は何なのだろう。娘がおかしくなったのも夫の所為？　夫の所為で全てが崩れ始めたの？)

答えの出るはずのない自問自答を繰り返し、小滝さんは固まり続けた。

「ママ？　どうしたの？」

立ち尽くしていた自分を覗き込む娘の姿に思わず飛びのいた。

気が付けばお昼になろうとしている。

「里香ちゃん、里香ちゃんだよね？」

問いかけにケラケラと無垢な笑顔で返す娘がいた。

この瞬間から、確証もないのだが、全ての原因は夫にあるように思え始めた。

明日、病院へ行ったら夫を問い詰めよう。スマホも確認しよう。

その日は結局外出することもなく、一日を終えた。

時間が経つにつれ、夫を許せない感情だけが増幅しつつあった。

翌日、娘を保育園に送り届け、その足でまっすぐに病院へ向かった。

安静状態の夫に、直球で質問をぶつける。

「あなた、浮気してるんでしょ？」

「な、何を言ってるんだ？」

体調が悪いのは分かっているが、それとは別に、明らかに動揺しているのが見えた。

「じゃあ、スマホを見せて」

夫は意味不明な言い訳をして、応じようとはしない。

満足に動けない夫を尻目に小滝さんはスマホを取り上げた。

すぐに怪しいと思っていたＬＩＮＥを開くと、女性の名前を見付けた。

そのやりとりを見るからに、親密度が窺《うかが》える。

夫の病気も知っている。

恋人のような心配度合いから、一つの答えが導き出された。

「この女、会社の人でしょ。どういう関係なのかしら？」

夫はだんまりを決め込んだ。

「何か知らないけど、この日もこの日も食事をしてるのかしら。ていうか、仕事の日だよね？　あれ？　そういえば残業が最近多かったのはどうしてかしら？」

夫は視線を合わせようとせずに黙りこくる。

「もういい……分かったから……」

小滝さんは泣きながら病室を後にした。

誤解だと言ってほしかった。

どんな内容でも言い訳をしてほしかった。

それがない時点で、心がこちらを向いていないことが痛いほど感じられた。辛い、悲しいという感情がごちゃまぜになる。

（里香……）

大切な娘のことに頭が回った瞬間、急激に不安に襲われた。

一人で育てられるのだろうか？　別れるとして、あんなに懐いている娘にどう説明したらいいのだろうか？

〈悔しい……〉

いっそ今すぐ死んでもらったほうが助かる。

娘にも仕方のないことだと説明ができる。

陰でこそこそやっていた女にも、ある意味の復讐ができる。

小滝さんの心に、どす黒いものが芽生え始めた。

アパートに戻り、多少の冷静さを取り戻す。

ただその内容は、如何にして慰謝料を奪い取るか、であった。

もう夫に対して、愛情や同情などの余地はない。

裏切り者は許せない。

その思いだけが、小滝さんの存在意義であったのだ。

あれこれと考えているうちに、娘を迎えに行く時間となった。

出かける前に、何げなく鏡を覗き込んだ。

——そこには黄色い鬼がいた。

小滝さんと輪郭は同じであるが、顔色は酷く黄色い。

目は吊り上がり、唇は分厚く、牙のような物まで飛び出している。

(ははっ……お似合いかもね。今の私には……)

通常の精神状態であれば、そんな顔で外に出られるはずもない。

しかし、そのときの小滝さんはそれでも構わないと、娘を迎えに出かけた。


「先生、さようなら。また明日ね」

娘の退園の挨拶も、鼻で笑ってしまう精神状態の小滝さんであった。

皆が死ねばいい。そんな思いしか心に抱けない。

綺麗事や体裁なんかどうでもいい。

この不幸な状況を超えるという者だけが、私に意見をできるのだ。

その思いの中でも、娘だけが愛おしい。

手を繋ぎ、帰り道をゆっくりと歩く。

「漸く分かったかい、あたしの言ってる意味が……」

小滝さんは娘の言葉に、黙って頷いた。

「じゃあ、どうしたいかを願いな……」

ありのままの感情を小滝さんは願う。

その瞬間、自らの身体を貫くような衝撃が一瞬だけ走った。


翌朝、病院からの連絡で、小滝さんは向かう。

到着すると、既に息絶えた夫の姿があった。

看護師の前では、貞淑な妻を演じる。

急変だという説明にも涙を流し、不幸な姿を表現する。

しかし、腹の中では笑いが止まらなかった。

実際に出た涙は、嬉し涙だったと言っても過言ではない。

（これであの女も幸せにはなれない）

それだけで心の底から満足できた。

その後は夫の葬儀を執り行い、保険金などの手続きも進める。

娘が成人するまで困らない金額とまではいかないが、ある程度の貯金は確保された。

「私の中には、今でも鬼が住んでいます」

小滝さんの話によると、娘と二人の間には、それぞれ黄色い鬼が巣食っているという。

何かの折には会話もできるし、人には話せないような内容も交わしているらしい。

「まあ、もし、この話を聞いて、同じような境遇の人がいるっていうのなら、あの絵本はお勧めですよ」

今の小滝さんには、あの絵本の中に黄色い鬼が登場するのが見えるという。

その内容については、頑なに教えてくれなかったが、同じ境遇の者にしか、理解しあえない内容らしい。

「黄色い鬼は怖いんですよ」

そう笑う小滝さんの顔色は、喫茶店の照明の所為か濃い黄色がかったものに見えた。

おじや

近々、還暦を迎える高畑さんから聞いた話。

高畑さんが小学生だった頃、彼の実家には広い客間があったという。

畳敷きの和室で真ん中には、大きくて立派な和風の一枚板テーブルが置かれていた。

その他、高価そうな掛け軸、日本人形や花瓶などが飾られており、大切なお客様をもてなす以外、普段は殆ど使われることはなかったそうだ。

「もう五十年くらい前のことかな、まだ白黒テレビなんて物が現役だった時代だ。私の父親がその客間で一度だけ見せてくれたんだ、あの儀式を……」

当時、高畑さんは両親と弟と妹、祖母の六人で実家に暮らしていた。

ある日曜日、家族でデパートへ食事に行くことになった。

父親と高畑さんを残して。

「年に一回、必ず父親を一人にして出かけることがあった。物心付いたときから、それが気になっていた。そしてこのとき、きちんとした理由があったことを知ったんだ」

その日曜日に限って高畑さんは、習い事である剣道で痛めた脇腹の静養のために、皆とは出かけずに父親と家に残った。

「イワオには見せてみるか……親父達も別に怒らないだろう」

母親や兄弟が出かけたのを確認すると、高畑さんの父親は小さな声でそう言った。

イワオとは高畑さんの下の名前だ。

「見せるって、何を？」

高畑さんが父親に聞くと、
父親は「まあ、少し待っていなさい」と何故か台所に向かった。

高畑さんは普段、父親が台所に立つ姿なんて見たことがなかった。

台所で父親は、あらかじめ用意してあったたくさんの冷や飯を大鍋にあけた。

そして、これまた用意してあった良い香りのする出し汁を大鍋に入れて火を点けた。

何のことはない、珍しく父親が料理をするのかと思ったら、ただの〝おじや〟だった。

ただ、出し汁は祖母か母親が作った物なのか、グツグツと煮立つ美味しそうな御飯の香りが高畑さんの鼻をくすぐる。

「お父さん、これをお昼にするの？」

すると、我慢できない高畑さんに父親は優しく答えた。

「ハハハッ、ちょっとだけ待ってくれ、イワオ。オヤジ達が先なんだ」

「オヤジって、おじいちゃんのこと？」

高畑さんの祖父は戦争で亡くなっていた。

だから、高畑さんは自分の祖父に直接会ったことがない
父親はおじやを六つの丼に分けると、それらをお盆に乗せて客間に持っていった。

おじやの上には、生卵が一つ落としてあるだけだった。

「こんな簡単な料理でも、戦時中は贅沢だったんだ」

客間の一枚板テーブルの上には、父親が並べたのか六冊の本が置かれていた。

六冊全部がとても古い本のようで、中には持ち上げたらそのままボロボロと崩れ落ちてしまいそうな物まであったという。

右側に三冊、左側に三冊、それに合わせて座布団も六人分置かれていた。

父親は零さないよう慎重に、本の横におじやを置いていった。

「誰か来るの?」

高畑さんの問いに父親は答えず、「さぁ部屋を出るよ、イワオ。びっくりするぞ」とニコニコしながら言った。

二人は部屋を出ると障子の扉を少しだけ開けて、六人分の本とおじやを置いたテーブルのある和室を覗き込むような形になった。

「静かにしていろよ……」

高畑さんは和室の中を覗き込みながら、父親の声に無言で頷いた。

テーブル上のおじやが、美味しそうな湯気を上げている。

暫くすると、一瞬だけ座布団の上に楽しそうに座っている六人の男の光景が、高畑さんの頭の中に鮮明に現れた。

同時に、「あっ」と高畑さんは思わず声を上げた。

パラパラパラパラパラパラパラパラパラパラ〜。

風もないのに、テーブルに置かれた本全てが次々と捲れていった。

パラパラパラパラパラパラパラパラパラパラ〜。

まるで透明人間が本の内容を確かめるかのように勢いよく。

「お父さん、あれは……？」

驚きを隠せない高畑さんが父親に聞いた。

「シッ、オヤジと仲間達だ」

父親は高畑さんにウインクした。

いつの間にか、本は自動的に捲れるのを止めていた。

熱々だったはずのおじやの湯気も消えていた。

「よし、中に入ろう」

父親は頃合いを見計らって和室に入った。

高畑さんも後に続くと、六個の丼に盛られたおじやは湯気どころか、すっかり冷えて硬くなっていた。

父親の話によると、高畑さんのおじいさんには五人の親しい仲間がいたという。

全員、ジャンルを問わずに本が大好きで、若い頃からお互いの本を交換しあって読んでいたらしい。

しかし、おじいさんを含む六人も戦争に召集され、全員戦死した。

もう、好きな本を読めなくなってしまったのだ。

「こんなお湯みたいなおじやじゃなくて、白米のモリモリ入った奴が腹いっぱい食いたいなぁ～」

当時、子供だった高畑さんの父親は集まったおじいさんと本の仲間達が、いつもそう零していたのを聞いていた。

戦争が終わり、時が経って父親はおじいさん達の願いを叶えてあげたくなった。

それぞれが生前、愛読していた本を集め、大盛りのおじやを振る舞ってあげるのだ。

それがこの和室での儀式だった。

「馬鹿らしいと思うだろ？　でも、さっき見た通りオヤジ達はおじやを食べに来てくれたんだよ。この儀式はお前が生まれる何年も前からやっているんだよ」

父親はいつの間にか少し涙ぐんでいた。

高畑さんは風もないのに凄い勢いで、おじいさん達の生前の愛読書が捲れていくのを思い返した。

そして、ついさっきまで熱々だったおじやが、冷え切ってしまっていることも。

これはおじいさんと仲間達が本を読み、おじやを食べたということなのだろう。

「おじいさん達、喜んでいるだろうね」

父親の儀式の意味を知り、そして祖父達が一時的に帰ってきたことを信じた高畑さんは、おじやを片付けながら微笑んだ。

高畑さんと父親はその後、おじやを温め直して食べた。

一度冷えて硬くなったにも拘わらず、それはとても美味しかったそうだ。

食後、改めて父親が和室に戻った。

おじいさん達の六冊の本を回収し、仕舞うためだ。

父親が六冊の本を重ねて持つと、それらはサラサラと軽い音を立てながら砂のように散っていき、完全に消えてしまった。

高畑さんの目の前で。

「もう、充分ということか？　オヤジ……」

父親は暫く本を持ったままの姿勢で動かなかったという。

それを最後に高畑家の〝儀式〟は行われなくなった。

「消え去る前に一目でも見たかったなぁ、おじいさん達の好きだった本を」

高畑さんは懐かしそうにそう言って話を終えた。

著者あとがき

雨宮淳司

古本屋で『怪医』を見つけて、つい手に取ったのですが、びっしり感想と指摘と推察と「心霊観」の考察が書いてあってぞっとしたことがあります。ご精読有り難うございました。

神沼三平太

某日知人より体験談あり。床に本を積んでいたが、その底の方で男の娘本と成年漫画の間に挟まっていた拙著が、急に飛び出して驚いた由。置き場所を変えるように指示。

高田公太

仕事と子育てでゆっくり読書をする時間もなかなかなく、本を書いている割には本と離れていっている感覚があります。怪談本は一話が短いので、大変手に取りやすく重宝してます。

橘 百花

この本が出た後に、いつもの焼酎探しに出る予定です。九州と四国方面の予定です。ここまで読んでくださった読者様、有り難うございます。

つくね乱蔵

言葉には魂が宿るという。ならば、忌まわしい言葉を集めた本には、どのような魂が宿るのか。その検証というべき話を集めた。

戸神重明

読者の方より。「『恐怖箱』を読書中、ひと休みしてアイスコーヒーを飲もうとしたら、綺麗に洗ってあったコップに、口紅がべったりとくっついていたんです」魔多の鬼界に！

内藤 駆

自分は本が大好きですが、保管の仕方がけっこういい加減だったりします。これからはもっと本を大切にして恨まれないように気を付けたいです……。

ねこや堂

天高く猫肥える秋。そこは飼い主に似なくても良いと思う今日この頃。先日転んで手を折りましたが、ご飯は美味しいです。

服部義史

このお話を書いている途中で、何度も文章フォルダが破損しました。意地になって様々な手法を試し書き上げましたが、こんな状況に陥ったのはこのお話が初めてです。

久田樹生

依頼を受けた後、どの体験談を書くか悩みました。結果、今回の奇譚ルポルタージュはいつもより少し多めの分量に。そして令和の話でもあります。

深澤 夜

本の怪談は他人事じゃないです。他の方々が本の宣伝をしているのを横目に、何にも言わないのもどうかなと思って今更ですがツイッター始めました。よろしくお願いします。

三雲 央

実は冬場に本を読むことがちょっと苦手です。乾燥肌なもので紙の手触りが生理的に気に障る感じがするのです。ハンドクリーム塗った手で触るのもそれはそれでちょっと……。

渡部正和

書物に関する怪異譚は結構耳にします。それだけ、人間の執念が重なり易いものなのでしょう。その中でも、今回は私自身がぞっとしたものをご紹介させていただきました。

加藤 一

「あの本を読んだらこんなことが起きて」という『「超」怖い話』や『恐怖箱』に起因する話は、ネットを眺めるとまだまだあるみたいです。体験された方は是非、巻末までお知らせ下さい。

本書の実話怪談記事は、恐怖箱 怪書のために新たに取材されたものなどを中心に構成されています。快く取材に応じていただいた方々、体験談を提供していただいた方々に感謝の意を述べるとともに、本書の作成に関わられた関係者各位の無事をお祈り申し上げます。

あなたの体験談をお待ちしています
http://www.chokowa.com/cgi/toukou/

恐怖箱公式サイト
http://www.kyofubako.com/

恐怖箱 怪書

2019年12月6日　初版第1刷発行

編著　加藤 一
共著　雨宮淳司／神沼三平太／高田公太／橘百花／つくね乱蔵／戸神重明／内藤 駆／ねこや堂／服部義史／久田樹生／深澤夜／三雲 央／渡部正和
総合監修　加藤 一
カバー　橋元浩明（sowhat.Inc）
発行人　後藤明信
発行所　株式会社　竹書房
〒102-0072　東京都千代田区飯田橋2-7-3
電話 03-3264-1576（代表）
電話 03-3234-6208（編集）
http://www.takeshobo.co.jp
印刷所　中央精版印刷株式会社

定価はカバーに表示しています。
落丁・乱丁本は当社までお問い合わせ下さい。

ISBN978-4-8019-2081-1 C0193